정치소설 서사건국지

정치소설 서사건국지

: 빌헬름 텔의 스위스 건국 이야기 국문

정저 저

김병현 역

윤영실 옮김

보고사
BOGOSA

숭실대학교 한국기독교문화연구원은 1967년 설립된, 명실공히 숭실대학교를 대표하는 인문학 연구원으로 발전하여 오늘에 이르렀다. 반세기가 넘는 역사 동안 다양한 학술행사 개최, 학술지『기독교와 문화』(구『한국기독문화연구』)와 '불휘총서' 30권 발간, 한국기독교박물관 소장 자료의 연구에 주력하면서, 인문학 연구원으로서의 내실을 다져왔다. 2018년에는 한국연구재단의 인문한국플러스(HK+) 사업 수행기관으로 선정되어 또 다른 도약의 발판을 마련하였다.

본 HK+사업단은 "근대 전환공간의 인문학, 문화의 메타모포시스"라는 아젠다로 문학과 역사와 철학을 아우르는 다양한 인문학 연구자들이 학제간 연구를 진행하고 있다. 개항 이래 식민화와 분단이라는 역사적 격변 속에서 한국의 근대(성)가 형성되어온 과정을 문화의 층위에서 살펴보는 것이 본 사업단의 목표이다. '문화의 메타모포시스'란 한국의 근대(성)가 외래문화의 일방적 수용으로도, 순수한 고유문화의 내재적 발현으로도 환원되지 않는, 이문화들의 접촉과 충돌, 융합과 절합, 굴절과 변용의 역동적 상호작용을 통해 형성되었음을 강조하려는 연구 시각이다.

본 HK+사업단은 아젠다 연구 성과를 집적하고 대외적 확산과 소통을 도모하기 위해 총 네 분야의 총서를 발간하고 있다. 〈메타모포시스 인문학총서〉는 아젠다와 관련된 연구 성과를 종합한 저서나 단독 저서로 이뤄진다. 〈메타모포시스 번역총서〉는 아젠다와 관련하여 자료적 가치를 지닌 외국어 문헌이나 이론서들을 번역하여 소개한다. 〈메타모포시스 자료총서〉는 숭실대 한국기독교박물관에 소장된 한국 근대 관련 귀중 자료들을 영인하고, 해제나 현대어 번역을 덧붙여 출간한다. 〈메타모포시스 교양문고〉는 아젠다 연구 성과의 대중적 확산을 위해 기획한 것으로 대중 독자들을 위한 인문학 교양서이다.

본 사업단의 연구가 진행되는 가운데 새로운 총서 시리즈인 〈근대계몽기 서양영웅전기 번역총서〉를 기획하였다. 1907년부터 1911년까지 집중적으로 출간된 서양 영웅전기를 현대어로 번역하여 학계에 내놓음으로써 해당 분야의 연구 자료로 제공하자는 것이 기획 의도이다.

총 17권으로 간행되는 본 시리즈의 영웅전기는 알렉산더, 콜럼버스, 워싱턴, 넬슨, 표트르, 비스마르크, 빌헬름 텔, 롤랑 부인, 잔 다르크, 가필드, 프리드리히, 마치니, 가리발디, 카보우르, 코슈트, 나폴레옹, 프랭클린 등 서양 각국을 대표하는 인물이다. 1900년대 출간 당시 개별 인물 전기로 출간된 것도 있고 복수의 인물들의 약전으로 출간된 것도 있다. 이 영웅전기는 국문이나 국한문으로 표기되어 있는데, 국문본이어도 출간 당시의 언어로 표기되어 있으므로 지금 독자가 읽기에는 다소 어려울 것으로 예상된다. 이에 원문을 현대어로 번역하고, 원자료를 영인하여 첨부함으로써 일반 독자는 물론 전문 연구자에게도 연구 자료로 제공하고자 했다. 현대어 번역은 해당 분야 전문가의 도움을 받았다. 본 시리즈가 많은 독자와 만날 수 있도록 애써 주신 연구자들께 감사드린다.

　동양과 서양, 전통과 근대, 아카데미즘 안팎의 장벽을 횡단하는 다채로운 자료와 연구 성과를 집약한 메타모포시스 총서가 인문학의 지평을 넓히고 사유의 폭을 확장하는 데 기여할 수 있기를 기대한다.

2025년 3월
숭실대학교 한국기독교문화연구원 HK+사업단장
장경남

차례

일러두기

01. 번역은 현대어로 평이하게 읽힐 수 있는 것을 원칙으로 하였다.

02. 인명과 지명은 본문에서 해당 국가의 발음을 한글로 표기하고 각주에서 원문의 표기법과 원어 표기법을 아울러 밝혔다. 역사적 실존 인물인 경우 가급적 생몰연대도 함께 밝혔다.

   예) 루돌프(羅德福/ Rudolf Ⅰ, 1218~1291)

03. 한자는 꼭 필요한 경우 괄호 안에 병기하였다.

04. 단락 구분은 원본을 기준으로 삼되, 문맥과 가독성을 위해 필요한 경우 번역자가 추가로 분절하였다.

05. 문장이 지나치게 길면 필요에 따라 분절하였고, 국한문 문장의 특성상 주어나 목적어 등 필수성분이 생략되어 어색한 경우 문맥에 따라 보충하여 번역하였다.

06. 원문의 지나친 생략이나 오역 등으로 인해 그대로 번역했을 때 의미가 잘 전달되지 않는 경우 번역자가 [ ] 안에 내용을 보충하여 번역하였다.

07. 대사는 현대의 용법에 따라 " "로 표기하였고, 원문에 삽입된 인용문은 인용 단락으로 표기하였다.

08. 총서 번호는 근대계몽기 영웅 전기가 출간된 순서를 따랐다.

09. 책 제목은 근대계몽기에 출간된 원서 제목을 그대로 두되 표기 방식만 현대어로 바꾸고, 책 내용을 간결하게 풀이한 부제를 함께 붙였다.

10. 표지의 저자 정보에는 원저자, 근대계몽기 한국의 번역자, 현대어 번역자를 함께 실었다. 여러 층위의 중역을 거친 텍스트의 특성상 번역 연쇄의 어떤 지점을 원저로 정할 것인지가 문제였다. 일단 근대계몽기 한국의 번역자가 직접 참조한 판본부터 거슬러 올라가면서 번역 과정에서 많은 개작이 이뤄진 가장 근거리의 판본을 원저로 간주하고, 번역 연쇄의 상세한 내용은 각 권 말미의 해설에 보충하였다.

자서(自序)

　무릇 소설이라 하는 것은 사람의 마음을 감동시키며 사람의 정신을 활동하게 하는 한 기관이다. 그러므로 태서(泰西) 학사들이 말하기를 어떠한 나라이든지 그 나라에 무슨 소설이 성행하는지를 보아 인심과 풍속과 정치와 사상을 알 수 있다 하니 참된 격언이로다. 구미 문명한 나라마다 소설의 선본(善本)을 발행하여 여항(閭巷)[1]의 어리석은 남녀라도 어떤 나라는 인심 풍속이 어떠하고 어떤 나라는 정치사상이 어떠한지 다 알 수 있기에 사람의 성품을 배양하며 백성의 지혜를 개도(開導)[2]한다.

　그러나 우리나라는 국문소설이 웬만큼 있다고 해도 허탄무거(虛誕無據)하거나 음담패설이요, 한문 소설이 있으나 또한 허무하고 실상(實狀)이 적어서 후세에 감계(鑑誡)와 모범이 되기에 충분하지 않다. 오직 이 『서사건국지』라 하는 책은 스위스[3]의 역사 기록이다. 스위스는 유럽의 한 작은 나라인데, 이웃 나라에 병탄되어 자유롭게 활동하지 못하고 무한한 학대와 고생스러운 속박을 받았다. 그러다가 그 나라에서 영웅이 일어나서 의사(義士)를 규합하여

1) 여항(閭巷): 백성의 살림집들이 모여 부락을 이룬 곳. 또는 일반 대중들의 사회를 뜻한다.
2) 개도(開導): 깨우쳐 인도하다.
3) 스위스(서스, 瑞士, Switzerland)

강린(强隣)의 독소를 벗어나고 여러 나라의 수치를 면하며 독립 깃발을 높이 세웠다. 이 흔쾌한 역사 기록을 부인과 학식이 부족하신 이라도 보기 편리하게 국문으로 번역하였으니 여러 군자는 사서 보시기를 바랍니다.

박문서관 노익형 자서

서문

　세상 사람들아. 나라가 작다 하지 말고 스위스를 보라. 빌헬름 텔[4] 같은 사람만 있으면 회복하는 큰일이 이루어진다. 묻노니 빌헬름 텔은 어떤 사람인가. 용맹 있는 영웅이라 답할까. 아니다. 그뿐 아니라 재주 있는 호걸이라 답할까. 아니다. 그뿐 아니라 지극한 정성이 하늘에 사무치는 사람이다. 예로부터 지금까지 천하를 뒤집던 영웅도 많이 있고 세상을 휘덮던 호걸도 아니었지만,[5] 지성이 없이 큰일에 성공한 자 어디 있겠는가.

　들었는가. 그리스[6]의 알렉산더.[7] 보았는가. 프랑스[8]의 나폴레옹.[9] 10년 공부 나무아미타불. 내 군사가 굳세다고 약한 자를 압제하며 내 재물이 많다고 가난한 이를 모욕하여 남의 땅을 내 것같이, 남의 사람을 내 종같이, 알려면 알게 하고 죽이려면 죽게 하니 위엄

---

4) 빌헬름 텔(유림쳑로, 維霖惕露, Wilhelm Tell): 14세기 초 스위스인의 봉기를 이끌었다는 전설 속 인물.

5) 아니었지만: 원문은 '아니엇지만'. 문맥상 '많이 있지만'이 자연스러울 것 같으나 원문을 따랐다.

6) 그리스(끄리스, Greece)

7) 알렉산더(알락산더, Alexander III Magnus, BC 356~BC 323): 고대 그리스 북부 마케도니아 왕국 아르게아스 왕조의 제26대 군주이다. 아리스토텔레스의 제자였으며 영어식 이름인 알렉산더 대왕으로 알려져 있다.

8) 프랑스(부란스, France)

9) 나폴레옹(나팔니웅, Napoléon Bonaparte, 1769~1821)

도 한량없고 기세도 거룩하더니, 호랑이 같은 욕심과 도적 같은 행실은 하나님이 허락하지 않는 바라. 아귀같이 경영하여 천만세를 누리자던 부귀공명 꿈결같이 지나가고 거품같이 스러졌다.

어질구나. 미국[10]의 워싱턴[11]은 여덟 해의 독립 전쟁에 빈손으로 붙들어서 생사를 가리지 않고 지성으로 담당하여 포악무도한 적국을 몰아내고 억만년 영원한 대업을 세웠다. 공덕이 천지같이 광대하고 심사가 일월같이 광명하여 천하 만세에 그 짝을 구하면 스위스의 빌헬름 텔 아니고는 다시 없을 것이다.

게르만[12]국이 그 부강한 형세를 믿고 스위스의 빈약함을 속여서 이름 없는 군사로 남의 나라를 탈취하여 사나운 정사와 까다로운 법령으로 스위스 사람을 사람같이 보지 않고 개나 돼지처럼 대접하여 살리고 죽이기와 주고 빼앗는 것을 마음대로 하였다. 그런즉 무고한 창생(蒼生)[13]의 원통한 기운이 천지에 충만하고 원망하는 소리가 산천을 진동시켰다. 게르만의 관원들은 의기양양하게 하는 말이 스위스 사람은 괴로우나 게르만 사람은 즐거우며 스위스 사람은 울어도 게르만 사람은 웃는다고 하면서 잔인하고 포악하고 악독한 일이 갈수록 더 심해졌다.

그러나 하늘이 어찌 무심하시리오. 스위스 국민을 구제하고 스위스 국권을 회복하여 스위스를 중흥시키려고 산은 높고 물은 고운

10) 미국(합중국, United States of America)
11) 워싱턴(와싱돈, George Washington, 1732~1799)
12) 게르만(일이만, 日耳曼, German)
13) 창생(蒼生): 세상의 모든 사람을 뜻한다.

우리[14] 땅에 영웅 한 분이 생겼다. 기골이 장대하고 형상도 기걸(奇傑)[15]하거니와 충심으로 뼈대를 삼고 의기로 살을 삼아 지성으로 애국하는 빌헬름 텔이 바로 그 사람이다. 활발한 기상과 강개한 심정이 일반 사람보다 뛰어날 뿐 아니라 무예가 숙달하고 모략이 기이하였다. 안으로 어진 아내의 도움과 아래로 착한 아들의 받듦이 있을 뿐 아니라 사방의 뜻있는 선비가 구름같이 좇으며 바람같이 호응하였다.

기둥 아래에서 욕을 보고 잠시 화를 당하였으나[16] [활을 쏘아] 과일을 맞히는 수단으로 부자의 목숨을 서로 구원하였다. 또 삿대 젓는 요행으로 탁신[17]하는 기회를 얻어[18] 한칼에 대적의 장수를 베고 북을 한 번 울려서 고국산천을 회복하였다. 장하도다. 빌헬름 텔이여. 그가 처음으로 일어나던 때에는 고작 수천도 채우지 못한 무리가 기계[19]의 미비함과 형세의 미약함으로 심히 위태하였다. 그러하거늘 [빌헬름 텔의] 「동맹회복가」 일성(一聲)이 푸른 하늘의

---

14) 우리(오려, 烏黎, Uri): 빌헬름 텔의 고향이자 합스부르크 제국에 맞서 스위스의 봉기를 이끌었던 세 지역 중 하나다.

15) 기걸(奇傑): 기상이나 풍채가 남다름을 뜻한다.

16) 기둥 아래에서 욕을 입고 잠시 화를 당하였으나: 원문은 '기둥 아래 욕이 잠시의 회를 당ᄒ엿스나'로 의미가 불분명하다. 문맥상 게슬러의 모자가 걸린 기둥 아래에서 잠시 능욕과 화를 당했다는 의미로 추측되어 고쳐 번역하였다.

17) 탁신(託身): 남에게 몸을 의탁함을 뜻한다.

18) 삿대 젓는 요행으로 탁신하는 기회를 얻어: 게슬러의 군사가 배로 빌헬름 텔을 끌고 가다가 풍랑을 만나자 텔에게 배를 대신 몰아달라고 부탁했고, 텔은 이 기회를 틈타 도망칠 수 있었음을 일컫는다.

19) 기계: 원문은 '긔계'. 문맥상 군사 장비를 뜻하는 것으로 보인다.

벼락같이 국민의 기운을 분발시켜서 마침내 큰 공적이 손바닥을 뒤집듯이 쉽게 성취되었다.

그러하나 이는 빌헬름 텔의 용맹으로 능히 한 바도 아니요, 또 빌헬름 텔의 재주로 능히 한 바도 아니다. 빌헬름 텔의 지성이 능히 하늘에 사무쳐서 하늘이 그 지성에 감동하신 까닭에 돕고 또 도우사 그 큰 사업을 이루게 하심이요, 그 큰 공덕을 행하게 하신 것이다. 지성이 없다면 알렉산더 같은 영웅이며 나폴레옹 같은 호걸이 남의 토지를 노략질하고 남의 인민을 능욕해도 일시의 성공이요, 바람 앞의 등불이요, 물 위에 마름[20]일 뿐 어찌 장구함을 얻으리오.

묻노라. 빌헬름 텔이여. 폴란드[21]와 카자크[22]는 어찌하여 저 같은 충의와 지성으로 러시아[23]에 사로잡혀 그 나라를 회복하지 못하였는가. 카자크는 지성이 있었으나 폴란드 사람들은 지성이 부족하여 한마음으로 합력하지 못했기에 그러한 것이다. 이 말씀이 의심스럽거든 이탈리아[24]의 카보우르[25]를 볼지어다. 사르데냐[26]의 작

---

20) 마름: 연못에서 자라는 한해살이풀이다. 진흙 속에 뿌리를 내리며 가느다란 줄기가 물속에서 길게 자라 물 위에 뜬다.

21) 폴란드(폴난도, Poland)

22) 카자크(고스사고, Козаки/Cossack): 현재의 러시아와 우크라이나에 해당하는 영역에 있었던 동슬라브계 민족집단의 명칭이다. 18세기 이래 자립과 러시아 제국 편입 사이에서 동요했던 복잡한 역사를 지니고 있으며, 오늘날 우크라이나의 민족적 뿌리로 간주된다.

23) 러시아(아라사, Russia)

24) 이탈리아(이태리, Italy)

25) 카보우르(가보어, Camillo Cavour, 1810~1861): 이탈리아의 정치가로 마치니, 가리발디와 함께 이탈리아 건국 3걸로 꼽히며 이탈리아 통일의 실질적인 주역이었다.

26) 사르데냐(사디니아, Sardegna): 이탈리아의 섬 지역 이름이다. 1720년 사보이아

은 나라로도 오스트리아[27]의 강병을 배척하고 능히 그 통일하는 공을 세운 것은 충신 의사의 지성이 금석같이 일치하여 적국에 맞선 까닭이다. 그러한 까닭에 아무리 지성이 있다고 해도 혼자 힘으로는 어찌하지 못하나니 이는 빌헬름 텔이 더욱 어진 증거다.

세상 사람들아. 나라가 작다 말며 사람이 없다 말라. 스위스를 보며 빌헬름 텔을 보아 한 사람의 충성이나 의기를 믿지 말고 천만 인의 동심합력하는 지성을 기다려서 국권의 회복을 도모하고 망령된 생각으로 나라를 그르치는 일을 행하지 말지어다.

공국이 이 섬을 기반으로 세운 사르데냐 왕국이 통일 이탈리아 왕국으로 이어졌다.
27) 오스트리아(오디리, Austria)

1.[28]

화설[29]. 천지개벽한 후로 세계에 허다한 나라의 흥망성쇠는 낱낱이 기록하기 어려우나, 오직 흥망의 관계는 전적으로 그 나라 인민에게 달려 있다. 인민이 어리석으면 그 나라가 망하고 인민이 지혜롭고 애국심이 간절하면 그 나라가 흥할 뿐 아니라 종종 허다한 영웅이 그 가운데 태어나서 위태하다가 다시 평안하고 망하다가 다시 보존함을 이루니, 이는 다 영웅호걸의 본색이며 또한 국가의 행복이다. 이런 까닭에 고금의 경천동지(驚天動地)하는 영웅을 의론하면 각기 출처와 기회가 다르며 용심(用心)과 행사(行事)가 또한 같지 아니하니 어찌 일체(一體)로 의론하리오.

차설.[30] 서력 1200년간에 유럽 중앙 지방에 한 소국이 있는데 이름은 스위스다. 강한 나라 게르만의 침략을 당했으니 게르만 왕의 이름은 루돌프[31]였다. 루돌프가 이미 스위스를 얻은 후에 태자

---

28) 제1회. 이국 관헌 해독이 백성에게 미치니, 밭 가는 사내도 애국심을 지니다: 김병현의 국문본 『셔스건국지』의 저본이 된 중국 鄭哲의 『瑞士建國誌』나 박은식의 국한문본 『瑞士建國誌』는 장회체(章回體) 형식으로 총 10회로 분절되어 있으며 각 장에 8언 2구로 해당 장의 내용을 요약한 제목이 붙어 있다. 국문본에서는 전체적으로 내용과 형식을 간략히 하면서 장 구분도 없앴다. 본서의 현대어 번역에서는 독자의 이해를 돕기 위해 중국어본과 국한문본에 따라 장을 구분하고, 각주에 장 제목을 적었다.

29) 화설(話說): 고대 소설에서 이야기를 시작할 때 쓰는 상투어다.

30) 차설(且說): 고대 소설에서 화제를 돌려 말할 때 쓰는 상투어다. 각설(却說)도 같은 뜻이다.

31) 루돌프(라덕복, 羅德福, Rudolf Ⅰ): 합스부르크 가문에서 최초로 신성 로마 제국의 독일왕으로 선출되었으며, 합스부르크 가문이 유럽을 제패하는 토대를 만든 인물이다.

알브레히트[32]를 보내서 이 나라가 있던 지방을 다스렸다. 알브레히트의 무도하고 잔학함은 이루 말할 수 없었다. 또한 간신이 있으니 이름은 헤르만이요, 성은 게슬러[33]였다. 아첨을 잘하고 음특(淫慝)[34]하여 악한 일로 알브레히트를 인도하고 백성을 학대하였다. 슬프다! 스위스 백성들이여. 이미 나라가 무너지고 집이 망하였으나 누구를 향하여 호소하리오. 그 까다로운 정사와 악한 법률에 우마(牛馬)와 노복(奴僕)같이 머리를 숙이고 눈물을 뿌리니 다만 마음만 상할 뿐이요, 감히 더불어 항거하지 못하였다. 세상 사람들은 이 일을 볼지어다. 망국 인종의 압제 받음이 이같이 참혹하고 맹렬한가. 슬퍼할 만하도다. [그러나 사태가] 극에 이르면[35] 반드시 회복한다고 하니 이 말이 과연 그러하다. 스위스 백성의 마음이 다

---

32) 알브레히트(아로픠, 亞露覇, Albrecht I, 1255~1308): 루돌프 1세의 장남. 1283년에 체결된 왕실 협약에 따라 오스트리아 합스부르크 왕가의 단독 통치자로 등극했으며, 1278년에 (신성)로마 독일의 왕으로 선출되기도 했다. 1308년 평소 상속 문제에 불만을 품었던 조카 요한 파리키다에게 암살당했다. 실러의 『빌헬름 텔』 5막 1장과 2장에는 알브레히트의 암살 소식과 암살자인 요한이 빌헬름 텔을 찾아오는 장면이 나오지만 『서사건국지』에는 모두 생략되고, 빌헬름 텔이 이끄는 스위스군과 알브레히트가 이끄는 게르만군의 전투 장면으로 대체되었다.

33) 헤르만·게슬러(히로만·예수록, 希路曼·倪士勒, Hermann Gessler/Albrecht Gessler, ?~?): 14세기 스위스 알트도르프 지역을 다스렸던 합스부르크 제국의 집행관. 빌헬름 텔처럼 생몰연대 미상인 전설 속 인물로 잔학한 통치로 스위스인들의 봉기를 불러일으켰다고 알려져 있다. 원문에서는 '성은 히로만이요 명은 예수록이라'라고 성과 이름을 바꿔서 표기했는데, 중국어본이나 국한문본도 마찬가지다. 서양어권에서는 한국이나 중국과 성과 이름 순서가 반대인 것을 고려하지 않아서 생긴 착오로 보인다.

34) 음특(淫慝): 음란하고 사특함, 간사함을 뜻한다.

35) 극에 이르면: 원문은 극진지두(極盡地頭)로 궁극의 지점을 뜻한다.

죽지 않고 분기(憤氣)가 울결[36]하므로 하늘이 영웅 대호걸을 내사 도탄에 빠진 백성을 구하였도다.

재설.[37] 스위스 루체른 호수[38] 지역은 산천이 수려하고 풍경이 뛰어나므로 사람마다 칭찬하니, 이같이 좋은 땅에 어찌 영웅이 나지 아니하리오. 뛰어난 인재는 땅의 신령스러움에서 난다는 사람들의 말이 과연 그러하다. 이곳에 한 사람이 있으니 성명은 빌헬름 텔이다. 그 모양을 의론컨대 등은 두텁고 가슴은 둥글며 두 눈은 번개 같고 몸이 웅장하며 기품이 뛰어날 뿐 아니라 회포가 활발하였다. 일에 처할 때 구차함이 없고 기틀을 따라 변통에 응하며 권도 있고 기관이 많았다.[39] 그래서 보는 이마다 비상한 사람이라고 일컬으며 큰 사업에 성공하리라 하였다. 매양 한가한 때에는 산으로 올라 나는 새도 쏘고 달리는 짐승도 사냥하며 혹 배를 몰아 바다에 떠서 바람을 타고 물결을 헤쳐나갔다. 이런 까닭에 물의 성질을

36) 울결: 울울(鬱鬱). 분노가 쌓여 답답하다는 의미로 보인다.

37) 재설(再說): 고대 소설에서 앞에 한 이야기로 되돌아갈 때 쓰는 상투어다.

38) 루체른 호수(노스니호, 魯沙尼湖, Lucerne lake): 실러의 『빌헬름 텔』은 피어발트슈테터(Vierwaldstättersee) 호수를 둘러싼 우리(Uri), 운터발덴(Unterwalden), 슈비츠(Schwyz)라는 세 개의 주를 주요 무대로 삼고 있는데, 피어발트슈테터 호수는 루체른 호수라고도 불린다.

39) 기틀을 따라 변통에 응하고 권도 있고 기관이 많았다: "기틀을 따라 변통에 응하고"라는 구절은 중국어본의 수기응변(隨機應變)에 대응된다. 그때그때의 상황에 따라 일을 처리함을 뜻하는 수시변통(隨時變通)과 같은 의미다. "권도 있고 기관이 많으니"라는 구절은 중국어본의 척당권기(倜儻權奇)에 대응된다. 척당(倜儻)은 뜻이 크고 기개(氣槪)가 있음을 뜻하는 말이며, 권기(權奇)는 기묘(奇妙)한 꾀를 일컫는다. 이상을 중국어 원문에 따라 번역하면 "형편에 따라 일을 처리할 때 대범하면서도 지혜로웠다" 정도로 해석될 수 있다.

익히 알고 활 쏘는 법이 뛰어나니 족히 유궁후의 활 쏘는 재주를 압도하고 예의 배 모는 힘을 업신여길 만했다.[40] 또한 성품이 강개하여 친척과 친구 중 빈궁한 자를 보면 극진히 구제하며 혹 자기 집으로 청하여 옷도 벗어주며 밥도 덜어 먹이되 조금도 인색함이 없었다. 큰 뜻을 품은 까닭에 군사의 지휘와 진법의 응용을 익히 알며 여러 가지 병술에 통달하지 않은 것이 없었다. 날마다 그 친구를 모아 담화할 때 스위스 지도를 펴놓고 어떤 곳은 싸움할 만하고 어떤 곳은 지켜야 마땅하다 하며 시세를 자세히 설명하니, 이런 까닭에 마음을 허락하여 따르는 자가 많았다.

하루는 텔이 여러 사람을 향하여 탄식하였다.

"우리나라 좋은 강산이 마침내 타인 수중에 잡혀 있고 동포 형제가 이미 타인의 우마가 되었으니 어느 때에 능히 고국을 회복하여 나라를 정돈하고 부강한 나라 평안한 백성이 되어 볼지 알 수 없습니다. 여러 동포는 과연 이 생각이 있으십니까?"

그 강개한 언론이 충분히 사람들의 뜨거운 충심을 불러일으킬 만했다. 모두 피가 끓고 가슴이 답답하여 일제히 일어나 대답하였다.

---

40) 유궁후의 활쏘는 재주를 압도하고 예의 배 모는 힘을 업신여겼다: 유궁후와 예는 하(夏)나라의 권신이었던 유궁후 예(有窮后 羿)를 가리키는 것으로 보인다. 활을 잘 쏘았다고 전한다. 예(羿)가 늘 활만 쏘러 다니기에 그 아내 항아(姮娥)가 남편의 불사약을 훔쳐 마시고 월궁(月宮)으로 올라가 선녀가 되었다는 전설도 전한다. 국한문본에는 "水性에 熟諳하고 箭法이 超常하며"(물의 성질을 잘 알고 활 쏘는 법이 비상하며)로 되어 있다. 국문본에서는 텔의 솜씨를 중국어본이나 국한문본에 나오지 않는 유궁후 예라는 인물에 빗대어 생생한 구체성을 더하고 독자들에게 친숙하게 전달되도록 했음을 알 수 있다.

"나라는 백성을 위하여 이뤄진 것이니 이제 나라가 이 지경에 이른 것도 우리의 어리석은 죄 탓입니다. 원하건대 [그대가] 때를 따라 움직이면 우리도 힘을 다할 것이며, 화를 입는 것도 마다하지 않고 죽기를 맹세하여 [따를 것입니다.]"

빌헬름 텔이 여러 사람의 마음이 격동하고 분격하는 것을 보며 기쁨을 헤아릴 수 없으나, 다른 한편으로 이렇게 생각하였다.

'내가 이런 마음이 간절하나 다만 세력이 부족함이 한이구나. 반드시 뜻이 같고 지혜 있는 사람을 연합하여야 큰일에 성공할 수 있을 것이다.'

이에 좋은 말로 서로 위로하고서 곧 안채로 돌아갔다.

2. [41]

텔이 묘책을 궁리하다가 창자에 가득한 답답한 회포를 이기지 못하여 가슴을 어루만지며 탄식하였다. 부인과 아들이 나와 문안해도 멍하니 앉아[42] 대답이 없었다. 그 부인이 비록 농가에서 성장하였으나 능히 학문을 통하며 대의가 분명하여 범상한 남자보다 훨씬 뛰어났다. 매양 그 남편과 더불어 천하 일을 담론할 때 고금의 득실을 낱낱이 따져 말하니 빌헬름 텔도 부인을 마음으로 공경하였

---

41) 제2회. 처자식과 한뜻으로 국사를 담화하고, 친구들과 더불어 민권 회복 맹세하다.(對妻兒同心談國事 與朋友矢誓復民權)
42) 멍하니 앉아: 원문은 '어린듯시 안져'. 의미가 모호하다. 고어에서 '어리다'는 '어리석다'를 뜻하기에 이런 뜻을 살려 의역하였다.

다. 아들의 이름은 발터[43]였다. 겨우 십여 세에 불과하지만, 심지가 낙낙하며[44] 거동이 뛰어났다.[45] 평소에 부모의 언론을 익히 듣고 애국심이 굳건해져서 국가 회복을 자기 직분으로 알았다. 또한 가정의 훈화를 정성으로 지키니 사람마다 칭찬하지 않는 이가 없었다.

이때 부인이 그 장부의 동정을 살피니 두 눈썹에 근심이 가득하여 평상시의 기쁜 얼굴과 웃는 모습이 없고 다만 멍한 듯 취한 듯하였다. 이에 온화한 얼굴로 앞에 나가 말하였다.

"군자께옵서 큰 뜻을 품으셔서 [평소에는] 심상한 기쁨과 노함을 겉으로 나타내지 않고 세상의 허다한 일이 족히 마음을 움직이지 못하였습니다. 그런데 지금 이같이 심려하시는 이유를 알 수 없으니 무슨 일이십니까? 혹시 다른 사람에게 능욕을 당하셨습니까? 혹은 나랏일에 기회가 합당치 못하기 때문입니까? 그러나 생각이 극진하면 이치를 해득하고 언론이 자세하면 의사(意思)를 밝힌다고 하거늘 어찌 이다지 근심하여 홀로 번뇌하십니까. 첩이 군자를 모신 후 세월이 물과 같이 흘러 이미 수십 년을 지났지만, 일찍이 이렇게 불쾌한 낯빛을 보지 못하였습니다. 그런데 이제 이같이 [표정이 어두움은] 실로 무슨 일 [때문]인지 그 자세한 말씀을 듣고자 합니다. 첩이 비록 무식하나 [군자께서 이유를] 말씀[해 주시면] 절반이라도 군자께서 생각하시는 바를 도우려 하나이다."

---

43) 발터(화록타, 華祿他, Walter)
44) 낙낙하며: 마음이 넓고 여유가 있음을 뜻한다.
45) 뛰어났다: 원문은 '표표ᄒ여'. '표표(表表)하다'는 눈에 띄게 뛰어남을 뜻한다.

빌헬름 텔이 이윽히[46] 듣다가 탄식하였다.

"내 [평소의] 심사는 부인이 아는 바이니 지금 근심하는 바를 잠깐 말씀하리다. 아까 마침 친구들과 더불어 나라 회복할 일을 의논하였는데, 여러 사람의 마음이 불같이 왕성하여 속히 [봉기를] 일으키고자 합니다. 그런 까닭에 나의 심회도 더욱 조급하여 거사(擧事)하고자 하나 양식과 무기도 없고 또한 뜻이 같은 사람도 별로 없습니다. 사방을 돌아보아도 아득하고 막막하여 [마음] 붙일 곳을 알지 못하겠습니다.[47] 또 오늘 신문에서 말하기를 게르만이 우리나라 알트도르프[48] 지방에 성을 세우고 무수한 군사로 지킨다고 합니다. 그 음험한 꾀를 헤아리건대 우리 [스위스인의] 생명을 다 없애고자 함입니다. 그러므로 내가 마음을 둘 데 없었던 것입니다. 그대가 이 이유를 알았으니 아마도 나 때문에 마음이 편하지 않을 것입니다."

부인이 곧 대답하였다.

"첩이 들으니 알브레히트가 오로지 그 간신 게슬러의 흉계를 따라 우리 강산을 짓밟고 우리 동포를 살해한다고 합니다. 그러나

---

46) 이윽히: 느낌이 은근하다. 뜻이나 생각이 깊다.

47) [마음] 붙일 곳을 알지 못하겠습니다: 원문은 '붓칠곳을 아지못흘쑨더러'인데 의미가 모호하다. 국한문본에서는 罔知所措(망지소조)로 표현된 부분인데, 너무 당황하거나 급하여 어찌 할 줄을 모르고 갈팡질팡한다는 뜻이다. 국한문본의 뜻을 살려 의역하였다.

48) 알트도르프(아리타, 亞利他, Altdorf): 실러의 『빌헬름 텔』 1막 3장에는 게슬러가 우리(Uri)주의 알트도르프 언덕에서 스위스인들을 동원하여 요새를 짓는 장면이 나온다. 이를 참조하면 아리타(亞利他)는 알트도르프(Altdorf)의 한자 음역일 가능성이 크다.

이는 귀신과 사람이 똑같이 미워하고 천지가 용납하지 않는 바입니다. 그가 비록 아직 부강하나 명명지중에[49] 어찌 하나님이 살피지 못하시겠습니까. 기회를 기다렸다가 우리 백성이 의로운 깃발을 한번 들면 반드시 하나님의 도우심이 있을 것입니다. 그때 우리나라를 회복하고 원수를 갚으며 우리 인군의 권리[50]를 펼 것이요, 그 도적을 베어 죽일 것이니, 이 아니 즐겁습니까. 청컨대 마음을 편히 하사 근심하지 마소서."

이렇게 말하며 연꽃 같은 뺨에 두 줄기 눈물을 참지 못하였다. 묻노라. 세상의 허다한 남자들아. 이 여인과 같이 웅장한 소견과 충성스러운 마음에 누가 능히 그 만분의 일이라도 미치겠는가. 이때 그 아들 발터가 곁에 앉아 부모의 대화를 듣다가 그들이 슬퍼하는 모습을 보고 크게 분격하여 창자에 더운 피가 끓어 올랐다. 곧 앞으로 나와 말하였다.

"아버님께서 나라를 근심하시는 뜻은 그 말씀으로 헤아릴 수 있사옵니다. 제가 비록 어리석고 불초(不肖)하지만,[51] 생각건대 국가의 흥망은 각 사람에게 그 책임이 있습니다. 이제 저도 망한 나라의 백성이니 옛 나라를 회복하는 데 저 또한 일부분이나마 참여하겠습

---

49) 명명지중에: 명명지중(冥冥之中)은 듣거나 볼 수 없이 은연중에 느끼는 상태를 뜻한다. 이 글의 맥락에서는 인간이 하나님의 섭리를 다 헤아릴 수 없다는 의미로 이해할 수 있다.

50) 우리 인군의 권리: 인군의 의미는 '人君'으로 추측된다. 국한문본에서는 '我의 主權을 伸하여'라는 구절에 대응된다.

51) 불초(不肖)하지만: '불초(不肖)'는 아버지를 닮지 않았다는 뜻으로 아들이 아버지 앞에서 겸양의 뜻으로 자신의 어리석음을 낮춰 말할 때 사용하는 표현이다.

니다. [그러나] 부모님께서 서로 마주 보며 우시는 것은 진실로 쓸데없는 일입니다. 묻사오니 울음과 근심으로 어찌 적국을 쫓아낼 수 있겠습니까. 어서 빨리 거사하여 우리 원수를 붙잡고 우리의 수치를 씻는 것이 더 나을 것입니다. 제가 비록 불초하지만 맹세코 국가를 위하여 힘을 다하며 제 생사를 돌아보지 않겠습니다. 다시 청컨대 부친은 급히 격서(檄書)를 돌려 군사를 일으키십시오. 그러면 저는 결단코 창을 잡아 좌우에서 모실 것입니다. 공을 이루면 전국이 그 복을 받고 만일 불행할지라도 우리 부자의 이름이 만고에 전하여 남을 터이니 아버님의 생각은 어떠하십니까?"

빌헬름 텔이 그 처자가 한마음으로 애국함을 보니 슬픔은 사라지고 기쁨을 참지 못하여[52] 하나님께 이렇게 빌었다.

"황천(皇天)이시여. 황천이시여. 우리의 지성을 살펴주시옵소서. 우리를 죽게 아니하시려거든 원하오니 우리를 도우셔서 대사를 이루게 하소서."

세 사람이 한창 이야기를 나누고 있을 때[53] 홀연 개 짖는 소리가 나며 인기척이 들렸다. 빌헬름 텔은 본래 조심성이 있는 사람이라 이 깊은 밤에 국사를 의논함이 오직 비밀스러운 일인데 어찌하여 외인의 자취가 있는가 하였다. 그 아들과 함께 문을 열고 살펴보니

---

52) 슬픔은 사라지고 기쁨을 참지 못하여: 원문은 '슯흠을 돌리켜 깃붐을 씨듯지못ᄒ여'(슬픔을 돌리며 기쁨을 깨닫지 못하여)다. 중국어본의 "不禁轉悲爲喜"의 오역이기에 수정해서 번역하였다.

53) 한창 이야기를 나누고 있을 때: 원문은 '정히 담론홀시'. '정히'라는 부사는 의미가 모호한데, 중국어본의 "三人正在談論間"의 '正在'에 대응한다. 중국어에서 正在는 '한창 - 하고 있다'를 뜻하기에 이런 뜻을 살려 의역하였다.

다름 아닌 일생의 절친한 친구였다. 서로 손을 맞잡고 안으로 들어가니 피차 기쁨을 측량할 수 없었다. 이 사람의 성은 멜히탈이요, 이름은 아르놀트[54]였다. 기골이 웅장하고 의사(意思)가 광활하여 또한 일국의 영웅이었다. 서로 인사를 마치고 옛정을 이야기하다가 빌헬름 텔이 물었다.

"요사이 내가 알지 못하는 무슨 소문이라도 있소?"[55]

아르놀트가 길게 탄식하고 분연히 말하였다.

"게르만이 우리 토지와 재물을 빼앗고 우리 동포를 종으로 부리며 학대가 날로 더욱 심하여지고 있소. 얼마 전에 우리 동포 한 사람이 길에서 게르만 사람을 만났는데 경례를 좀 더디 한다고 잡아다가 여기저기 마구 매를 쳤다 하오.[56] 또 꾸짖기를 '너는 우리 종이다. 종놈이 상전을 공경하지 않으면 그 죄는 죽어 마땅하다' 하고, 이로 인하여 그 사람을 처형하였다오. 참으로 가련하오. 우리 전국 백성이 이 지경에 이르렀으니 앞으로 쇠털같이 많은 날에 그 위염과 학정을 어찌 견디겠소.[57] 원통하고 참혹한 기운이 공중

---

54) 아르놀트·멜히탈(아로나·늑득묵, 亞魯拿·穆勒得木, Arnold von Melchtal): 실러의 『빌헬름 텔』에서 운터발덴(Unterwalden) 주(Canto)를 대표하는 평민 지도자로 등장하는 인물이다. 원래 멜히탈은 가족의 성이 아니라 출신지를 가리킨다.
55) "요사이 내가 알지 못하는 무슨 소문이라도 있소?": 원문은 "아지못게라 이수이 무슴소문이 잇느뇨". 국한문본은 "무슨 要聞이 有한가?"("무슨 중요한 소식이 있는가?")인데 문맥을 살려 의역하였다.
56) 여기저기 마구 매를 쳤다 하오: 원문은 '난장하고'. 난장(亂杖)은 신체의 부위를 가리지 않고 마구 매로 친다는 뜻이다. 국한문본은 "笞杖이 交加하고"로 되어 있다.
57) 쇠털같이 많은 날에 그 위염과 학정을 어찌 견디겠소: '위염'은 '威厭', 즉 위력으로써 복종케 하다를 뜻하는 것으로 추측된다. 중국어본이나 국한문본에는 없고 국문

에 가득하여 하늘에 해와 달이 없는 듯하오. 우리가 이런 때에도 거사하지 않으면 다시 무엇을 바라겠소."

말을 마치니 부릅뜬 두 눈에 노기가 등등하였다. 빌헬름 텔이 다시 말하였다.

"형이 이런 말을 하는 것은 과연 내가 곧바로 거사하도록 하려는 것이오?"

아르놀트가 벌떡 일어나 가슴을 치며 말하였다.

"천시(天時)가 이르렀으니 기회를 잃으면 안 되오. 우리는 늘 형이 한번 떨치고 일어나는 것을 바라고 있소. 그러면 맹세코 생사를 함께 하여 도적을 물리치고 국가를 회복할 것이오."

빌헬름 텔이 또 대답하였다.

"우리가 국가의 신민(臣民)으로서의 직분을 생각하면 마땅히 힘을 다할 것이오. 다만 경솔하게 움직여 양 떼를 범의 입으로 향하게 하면 반드시 큰 화를 입고 후세에 웃음거리를 면치 못할까 봐 두렵소. 충분히 생각하여 만전(萬全)[58]의 계책을 얻지 못하면 결코 일을 이루지 못할 터요. 오직 한스러운 바는 뜻을 함께 할 사람이 얼마나 되는가요. 오합지졸로는 저들의 훈련된 군사를 당하지 못할 것이오. 일이 한번 와해하면 한갓 죽을 뿐이니 무슨 유익이 있겠소. 먼저 영웅을 얻어 때를 기다린 후에야 성공할 수 있을 것이오."

본에서 적극적으로 의역하면서 끼어든 단어이다. "來日方長. 奚堪設想"(중국어본) → "來日이 方長하니 奚堪設想이리오"(국한문본) → "쇠틸궂흔 날에 그 위염과 학정을 엇지견댈고"(국문본)

58) 만전(萬全): 조금도 허술함이 없이 아주 완전함을 뜻한다.

아르놀트가 급히 대답하였다.

"그놈들의 악한 정사(政事)가 극한에 이르러 우리 백성이 저마다 절치부심하고 있소. 또한 내가 평소 많은 뜻있는 선비와 연을 맺었으니 만일 격서를 전하여 부르면 십만의 군중을 금방 모을 것이오. 그때 형을 대원수로 삼고 하나님의 도움을 얻으면 의병이 가는 곳마다 사람들이 심한 가뭄에 큰비를 만난 듯 기뻐할 것이오. 그러니 빨리 영웅의 도략(圖略)을 펼치고 일어납시다."

서로 대화를 나누다가 동방이 밝는 줄도 몰랐다. 부득이 서로 악수하고 작별할 때 두세 번 당부하고 각각 돌아갔다.

3.[59]

각설. 아르놀트가 돌아온 후로 여러 친구에게 비밀리에 기별을 전하여 각각의 무리를 모아 함께 [나라] 회복하기를 도모하였다. 하루는 검은 구름이 몽롱하고 천둥소리가 진동하며 비가 내렸다. 그야말로 [기다리던] 좋은 비가 내리는지라 농사짓는 사람들이 한창 힘써 일하고 있었다.[60] 아르놀트는 본래 대대로 농업에 종사한 사람이기에 이날 그 부친과 함께 소를 끌며 호미를 둘러메고 전원

---

59) 악한 병사 세력 믿고 밭 가는 소 빼앗으니, 애국지사 격문 돌려 인마(人馬)를 소집하다. (殘忍兵恃勢奪耕牛 愛國士傳檄招人馬)

60) 그야말로 [기다리던] 좋은 비가 내리는지라 농사짓는 사람들이 한창 힘써 일하고 있었다: 원문은 '진소위 호우지시절이라 농스ᄒᆞᄂᆞᆫ 사람의 힘쓸째가 졍히 당ᄒᆞ엿도다.' 중국어본, 국한문본을 참조하여 의역하였다.

에 나가 부자가 함께 힘을 모아 일하였다. 그 부친이 비록 기운이 있으나 나이 칠십이라 정신이 자연스럽게 감퇴하였다. 하물며 때가 한낮이 되니 비가 개고 뜨거운 햇볕이 비치며 더운 기운이 사람을 핍박하여 마침내 수풀로 가서 잠깐 쉬기로 하였다. 부자가 서로 세상일을 이야기하면서 고국이 망한 것을 탄식하고 있는데, 홀연 물 끓는 듯 [시끄러운] 소리가 들렸다. 자세히 보니 알브레히트의 간신 게슬러의 군사들이었다. 흉악한 놈의 부하인지라 그들 또한 잔인 포악하여 재물을 노략하고 부녀 겁탈하기를 일삼았다. 이때 그들이 수풀 사이에 소가 있는 것을 보고 끌고가려고 하니 아르놀트의 부친이 앞으로 나아가 좋은 말로 물었다.

"주인 있는 물건을 멋대로 가져가는 것은 무슨 까닭입니까?"

여러 놈이 일제히 대답하였다.

"저 소가 살찌고 윤택하여 우리 관원들의 식성에 잘 맞을 것이니 여러 말 말고 우리 관원에게 바치는 것이 마땅하다."

노인의 마음은 항상 조심성이 많은 데다가 그 군사가 사납고 제멋대로 구는 것을 염려하여 더욱 공손한 말로 두세 번 간청하였지만, 끝내 듣지 않았다. 아르놀트가 곁에 있다가 급히 달려와 꾸짖으며 말하였다.

"이 무도한 놈들아. 흉포한 위력을 믿고 환한 대낮에 거리낌 없이 노략질하니 너희를 과연 사람이라 할 수 있겠느냐. 내 소를 놓고 빨리 돌아가는 것이 마땅하다."

군사들이 욕설하며 말하였다.

"너는 스위스의 천한 종자요, 개 같은 백성이다. 우리가 존귀한 병정임을 모르는 것이냐. 고작 농사짓는 소 한 필을 아끼지 말고 네 목숨을 생각하거라.”

아르놀트가 평소에 게르만 원수를 생각하면 자연스럽게 이가 갈리고 살이 떨림을 금치 못하였는데, 이제 이 무리가 이런 말을 하는 것을 들으니 더운 피가 끓어올라 억제할 수 없었다. 다시 소리를 가다듬어 꾸짖었다.

“이 개 같은 무리야! 무죄한 인민을 해치고 허다한 재물을 탈취하여 죄악이 하늘에 사무치거늘 또 나의 물건을 빼앗고자 하는가. 내 진실로 너희에게 말하니 트집 잡지 말고 어서 가라. 만일 추한 입을 두 번 열면 나의 주먹을 면치 못할 것이다.”

군사가 이 말을 듣고 일제히 [싸움을] 벌이려 하나 어찌 아르놀트의 유명한 재주를 당하겠는가. 아르놀트가 어려서부터 주먹질과 발차기를 연습하여 일신에 가득한 재주가 가히 백만을 당할 수 있는데, 이런 개미 무리를 근심하겠는가. [아르놀트의 주먹이] 이르는 곳마다 [게르만 병정들이] 물결같이 흩어지고 잎새같이 떨어졌다. 순식간에 머리통이 상하고 수족이 꺾이고 턱이 떨어져 땅에 엎드린 자와 죽은 자가 무수하고 바람같이 흩어져 허둥거리며 이리저리 도망쳤다. 얼마쯤 남은 군사는 목숨을 보전하여 본진으로 돌아갔다가 게슬러에게 [이 일을] 보고하고 일제히 군마를 일으켜 쫓아왔다.

아르놀트가 그 군사들이 돌아간 후에 반드시 후환이 있을 줄 알고 부친과 함께 소를 이끌고 집에 돌아와 몸을 피할 계교를 의논하는데, 어느덧 게슬러의 군마가 바람처럼 달려왔다. 아르놀트가

그 소리를 듣고 곧 그 부친을 붙들어 함께 산속에 들어가 피난하고
자 하였다. 그러나 그 부친은 노인이라 빨리 달리지 못할뿐더러
또한 소를 타인에게 잃을까 염려하여 결단하지 못하였다. 아르놀
트는 사세가 절박하여 먼저 달아나고 그 부친은 뒤에 따라갔다.
게슬러가 스스로 군마를 거느리고 성화같이 쫓아왔으나 벌써 [아
르놀트의] 종적을 알 수 없었다. 한편으로 군사를 보내 아르놀트를
찾고 한편으로 그 부친을 본진으로 잡아갔다. 노인을 무수히 때려
유혈이 낭자하니 저 칠십 노인이 어찌 이처럼 독한 형벌을 견디겠
는가. 또 [게슬러가 노인을] 꾸짖으며 말했다.

"네가 무도한 자식을 두었으니 그 죄가 죽어 마땅하다."

그러면서 노인을 계속 때리니 그 잔학함은 금수도 미워하고 노
인의 모습은 초목도 눈물지을 만했다.

차설. 아르놀트가 산속에 숨어있는데 석양에 나무 그림자가 드
리우고 산새는 다투어 둥지로 돌아갔다. 사방에 인마(人馬) 소리가
고요해지자 눈에 띄지 않도록 몰래 산 밖으로 나와 두루 살펴보았
으나 그 부친을 찾지 못하였다. 부친을 숱하게 부르며 찾다가 비로
소 잡혀간 것을 알고 슬픈 마음과 분한 기운을 금치 못하였다. 곧
집에 돌아와 얼마간의 가사(家事)를 이웃 사람에게 부탁하고 날이
새는 것을 기다려 행장을 수습하고 집을 떠나 부친의 소식을 탐지
하였다. 한 친구를 찾아가 인사를 채 나누기도 전에[61] 한 사람이

---

61) 인사를 채 나누기도 전에: 원문은 '밋처한헌을다ᄒ지 못홀지음에'이다. 국한문본
의 '及至友人家裡하여 茶烟을 未畢에'를 참조할 때 '한헌'은 '한훤'(寒暄), 즉 날씨의
춥고 더움을 말하는 인사말을 뜻하는 것으로 보인다. 이런 뜻을 살려 의역하였다.

와서 말하였다.

"괴이합니다. 오늘 성문에 훈령이 한 장 붙었는데 상금을 후하게 내걸고 사람을 잡으라는 것입니다. 그 글에 이르기를 무도한 아르놀트가 관장(官長)을 능욕하고 인명을 살해하였으니 그 아비는 이미 가둬서 형벌을 내려 장차 죽일 것이며, 그놈을 잡는 자는 큰 상을 줄 것이니 너희 군사와 백성들은 각별히 거행하라고 하였습니다."

아르놀트가 이 말을 듣고 노기가 등등하여 소리를 가다듬어 말하였다.

"게르만이 우리 강산을 빼앗으며 우리 백성을 살해하고도 오히려 부족하여 [우리를] 역적이라 지목하여 씨도 남기지 않고 다 죽이려고 합니다. 죽기는 마찬가지이나 머리를 숙이고 죽기를 기다릴 바에는 차라리 한번 떨쳐 일어나[고자 합니다.] 성공하지 못하면 죽고 말 것이요, 혹 하나님의 은혜를 입어 고국을 회복하면 이 아니 다행이겠습니까."

분노에 이어 슬픔이 일어나 두 줄기 눈물이 영웅의 옷깃을 적셨다. 여러 사람이 그의 분격함과 애국심에 감동하여 공경하는 마음으로 일제히 위로하였다.

"형이 이다지 근심하시니 도리어 민망합니다. 국가의 회복은 우리도 저마다 감당해야 할 직책이니 이 간절한 마음을 품은 지 오래되었습니다. 오직 한스러운 바는 누가 능히 사방으로 다니며 인심을 고무시키고 일을 이루게 할까였습니다. 그래서 우리 동포가 해와 달을 보지 못하고 침침한 지옥에 빠진 것처럼 지낸 지 오래였는데, 이제 형이 굳은 충의로 몸을 아끼지 않고 나아가고자 하시니 우리가 비록 재주는 없으나 작은 힘이나마 보태겠습니다.[62] 그대의 뜻이 어떠합니까?"

아르놀트가 이 말을 들으니 분한 기운은 봄눈 녹듯 사라지고 기쁜 마음이 단비가 내리듯 하여 급히 대답하였다.

"이는 하늘이 준 큰 행복입니다. [여러분들이] 진실한 마음으로 굳은 뜻을 변치 마시기만을 바랍니다. 원하건대 제가 사방으로 격서를 전하여 장사를 불러 모은 후 때를 보아 움직이면 어찌 장쾌하지 않겠습니까."

그리하여 고요한 곳에 모여서 상의한 후에 격서 한 편을 지으니 제목은 「스위스 회복을 위한 애국당의 격문」이었다. 그 글은 이러했다.

　　슬프구나! 우리 스위스의 금옥(金玉) 같은 강산이 불행하게도 개와 돼지 같은 게르만의 침략을 받았도다. 머리를 돌리니 근심스러운 구름이 참담하고 눈물을 뿌리니 찬 바람이 소슬하도다. 천지가 [스위스를] 위하여 근심하니 영웅이 몸 둘 곳이 전혀 없구나. 저 무도한 원수 놈은 오히려 부족하여 살해와 겁탈을 일삼고 마음대로 횡행하니 진실로 귀신과 사람이 다 미워하는 바라. 슬프구나! 우리 동포들이여! 상하 귀천과 남녀노소를 막론하고 다 선왕의 은혜 입은 백성이다. 국가가 멸망하면

---

62) 작은 힘이나마 보태겠습니다: 원문은 '한팔힘을 도오랴ㅎ노니'. 국한문본에는 '一臂之力'(일비지력)인데 보잘것없으나마 남을 도와주는 작은 힘을 뜻한다. 뜻을 살려 의역하였다.

어느 곳에 목숨을 의탁하며 다행히 살더라도 누구에게 의지하리오. 들으니 지극한 정성은 하늘을 감동하게 하며 뜻이 있으면 일에 성공한다고 한다. 바라건대 죽기를 맹세하고 힘을 함께 하여 이 액운을 벗어나면 무슨 일이든 성공하지 못하겠는가. [이제] 한번 기회를 얻으니 이 형세를 이용해서 이 같은 원수를 물리치고 골수에 사무친 분을 통쾌하게 풀고자 한다. [그렇게 하여] 평안한 나라와 복 있는 백성을 만들면 참으로 장부의 행색이요, 사람마다 감당할 직분일 것이다. 여러 동포는 이와 같은 바람에 호응하여 일어날지어다.

격문 쓰기를 마치고 좌중을 향하여 한번 낭독한 후 여러 사람을 시켜 수천 장을 쓰게 하였다. 그 후에 아르놀트가 격문을 몸에 잔뜩 지니고[63] 여러 지방으로 향하여 갈 때 밤낮을 생각하지 않고 비바람을 꺼리지 않으며 천만 가지 고생을 두루 겪으며 지냈다. 무릇 뜻있는 사람이 큰일을 담당할 때 어찌 여간한 괴로움을 이리저리 따지겠는가.[64]

---

63) 격문을 몸에 잔뜩 지니고: 원문은 '몸에 가두흐지죠를 잇슬고'이나 의미를 알기 어렵다. 국한문본의 '携帶滿身하고'의 의미로 번역하였다.
64) 이리저리 따지겠는가: 원문은 '계교ᄒ리오'. 계교(計較)는 서로 견주어 살펴보고 계산한다는 뜻이다.

4. [65]

　각설. 스위스에 한 무리가 있으니 사람이 많았으며 그 두목은 발터 퓌르스트와 슈타우파허와 루덴츠[66] 세 사람이었다. 당을 만든 지 반년 만에 서로 연을 맺은 자[67]가 삼백여 명에 이르렀다. 고국을 회복하려고 밤낮으로 재주를 연습하고 병법을 강구하면서 항상 기회 없음을 한탄하였다. 아르놀트가 이 말을 듣고 기쁜 마음이 하늘 같아서 곧 그 지방을 찾아가 여러 사람을 만났다. 먼저 그들의 기상을 살피니 사나운 용맹은 범이 태산에서 뛰노는 듯하고 웅장한 기색은 용이 창해를 흔드는 듯하여 진실로 영웅호걸이요, [나라를] 중흥할 재목이었다. 아르놀트가 이들을 한번 보자 곧 마음을 허락하고 더불어 시세를 말하며 또 소매에서 격서 한 장을 꺼내 보였다. 이들이 격서를 채 다 읽기도 전에 뛰고 부르짖으며 말하였다.

---

65) 제 4회. 조각배에 올라서 거센 풍파 헤치고, 노래 불러 간곡히 군중 마음 격려하다.(駕扁舟乘風波巨浪 唱歌曲苦口勵群心)

66) 발터 퓌르스트와 슈타우파허와 루덴츠:『서사건국지』는 실러의『빌헬름 텔』원작에 나오는 다양한 인물의 서사를 빌헬름 텔, 아들 발터, 아르놀트의 서사로 단순화시켰기에 여기서 간단히 이름만 언급된 인물들을『빌헬름 텔』원작의 인물들과 대응시키는 데 무리가 있다. 다만『빌헬름 텔』에서 스위스 봉기의 지도자급 인물로 빌헬름 텔과 아르놀트를 빼면 이 세 사람을 들 수 있다. 이에 근거해서 한자 음역과 원작 인물의 이름을 대응시키면 다음과 같이 추측할 수 있으나 확실하지 않다. 특히 베르너 슈타우파허는『서사건국지』의 다른 장면에서 베르너(위리니, 威里尼, Werner)라는 이름으로 등장하기에 중복된다.『서사건국지』의 저자 정철이 원작과 무관하게 지어낸 이름일 가능성도 배제할 수 없다. 발터 퓌르스트(옹덕화뎡, 翁德華丁, Walter Fürst), 슈타우파허(스격와, 師格哇, Werner Stauffacher), 루덴츠(노다리, 盧多利, Ulrich von Rudenz)

67) 연을 맺은 자: 원문은 '호결이'. 국한문본에 보이지 않는 구절이라 의미가 불분명하나 호결(互結)의 의미로 번역하였다.

"고국 강산이 어느 곳입니까. 차마 머리를 누르지 못합니다.[68] 마땅히 한 마음으로 협력하여 산으로 맹세하고 바다를 증거로 삼아 국가를 회복함이 우리가 담당한 책임입니다."

아르놀트가 머리를 굽혀 공경하며 말하였다.

"그대들이 일을 벌이면 이 아우는 그대들을 위하여 말 뒤에서 따르기를 원합니다."[69]

여러 사람이 아르놀트의 웅장한 기골과 공경하는 기상을 보고 자연스럽게 사랑하고 사모하는 마음이 일어났다. 서로 손을 잡고 집으로 돌아가 침식을 함께하며 심정을 나누었다.

차설. 빌헬름 텔이 아르놀트와 이별한 후 [거사하기로 약속한 날을] 손꼽아 기다리고 있었다. 며칠 후 게슬러가 아르놀트의 부친을 잡아 혹독한 형벌로 무수히 핍박하면서 아르놀트를 곧 잡아들이라 하고, 그로 인해 그 노인이 죽게 되었다는 소문이 연이어 들렸다. 텔이 더욱 분을 참을 수 없었으나 아르놀트의 종적을 알지 못하니 참으로 마음이 조급하였다. 하루는 한 벗이 문을 두드려 텔을

---

68) 고국 강산이 어느 곳입니까. 차마 머리를 누르지 못합니다: 원문은 '고국강산이 어늬곳인고 참아머리를눌으지 못 ᄒ리로다'. 국한문본에는 '故國河山은 不堪回首라'로 표현되었다. 불감회수(不堪回首)는 과거를 기억하는 것이 고통스러워서 견딜 수 없음을 뜻하는 한자 성어. 당(唐)나라 시인 대숙륜(戴叔倫)의 「곡주방」(哭朱放)에서 보인다. 국한문본의 의미를 따라 의역하면 "우리 스위스 고국 산하는 지난날을 차마 돌이켜볼 수 없을 정도로 고통을 받아왔습니다"라는 뜻이다.

69) 그대들이 일을 벌이면 이 아우는 그대들을 위하여 말 뒤에서 따르기를 원합니다: 원문은 '그대들이 일을들면 소뎨는 위ᄒ여 말뒤에 츄창ᄒ기를 원ᄒ노라'. 국한문본의 '他日擧事에 弟는 附驥을 願하노라'에 대응한다. 국문본의 추창은 중국어본이나 국한문본에는 나오지 않는데 '예도(禮度)에 맞게 허리를 굽히고 빨리 걸어가다'를 뜻하는 추창(趨蹌)일 것으로 추측된다. 이런 뜻을 살려 의역하였다.

부르며, 아무개가 긴급한 사정이 있다며 노형과 함께 의논하고자 한다고 전하였다. 빌헬름 텔이 급히 문을 열고 그를 영접하여 서로 손을 맞잡고 마음속 생각을 논하였다. 이 사람은 슈비츠[70] 땅에 사는 뜻있는 선비 [베르너][71]였다. 비록 몸은 장대하지 못하나 심지는 극히 웅장하여 항상 국가 회복할 마음이 간절한 사람이기에 빌헬름 텔을 찾아와 뜻을 모아 일을 의논하였다. 그가 말하였다.

"우리 슈비츠 사람이 모두 국가를 위하여 죽기를 원합니다. 바라건대 형은 몸을 움직여 아르놀트와 함께 일을 일으키십시오."

빌헬름 텔이 이 말을 듣고 곧 행장을 꾸려서 베르너와 함께 슈비츠 지방에 이르렀다. 모든 이와 함께 심사를 의논하니 모두 늦게 만남을 탄식하였다. 이튿날 일제히 떠나 아르놀트도 찾고 다소간 영웅을 구하고자 하여 하늘을 가리켜 맹세하였다.

"우리가 고국을 회복하고 동포를 구원할 것이니 하늘과 땅의 신[72]께서 이 뜻을 굽어살피소서. 일을 이루지 못하면 차라리 죽는

---

70) 슈비츠(수지렴, 斯知念, Schwyz): 봉기를 일으켜 스위스 연방을 창립한 3개 주 중의 하나이다.

71) 베르너(위리니, 威里尼, Werner Stauffacher): 이 문장에서는 이름이 누락되었지만 몇 문장 뒤에 이 이름이 등장하기에 보충하여 번역하였다. 국한문본의 '戚里尼'는 중국어본 '威里尼'의 오식인데, 김병현의 국문본에서는 중국어본을 따라 위리니로 표기했다. 사지념 지방의 위리니란 실러 원작에서 슈비츠(Schwyz) 지역의 봉기 지도자인 베르너 슈타우파허(Werner Stauffacher)를 가리키는 것으로 보인다. 실러의 『빌헬름 텔』1막 3장에는 베르너 슈타우파허가 텔에게 적극적인 저항을 권유하는 장면이 나온다.

72) 하늘과 땅의 신께서 이 뜻을 굽어살피소서: 원문은 '황텬후토는 이뜻을 하감ᄒ샤'. 황천후토(皇天后土)는 하늘의 신과 땅의 신을 가리키며 하감(下鑑)은 굽어살핀다는 뜻이다.

편이 영화롭고 욕되지 않을 것입니다."

곧바로[73] 수십 인이 길을 떠나 로이스강[74] 물가에 이르니 홀연 검은 구름이 몽롱하며 비바람이 크게 일고 물결이 거세어서 사공이 감히 배를 부리지 못하였다. 빌헬름 텔은 여러 사람이 놀라서 뜻이 위축될까 염려하여 곧 소리를 가다듬어 무리를 향하여 말하였다.

"우리는 국사를 위하여 생사를 돌보지 않는 사람들입니다. 어찌 이 같은 비바람이 우리의 정성을 막겠습니까. 제가 평소에 물의 성질을 대강 아니 만일 사공이 건네주지 못하거든 제가 대신하여 배를 부릴 것입니다. 우리 수족 같은 형제들은 청컨대 앞일을 생각하여 조금도 두려워 말고 위태함을 무릅씀이 마땅합니다."

뭇사람이 다 흔쾌히 기쁜 낯빛으로 소매를 맞잡고 배에 오르니 빌헬름 텔이 키를 잡고 돛을 올려 순식간에 강을 건너갔다.

이때 아르놀트가 그 지방에 있다가 빌헬름 텔과 여러 사람이 온다는 소식을 듣고 마음에 기쁨이 가득하여 곧 여러 동지와 함께 멀리까지 나와 영접하였다. 손을 잡고 돌아와 여러 무리와 빈주를 정한 후에[75] 돼지를 삶고 소를 잡아 잔치를 벌였다. 빌헬름 텔의

---

73) 곧바로: 원문은 '당하에'. 당하(當下)는 일이 있는 바로 그 자리 또는 바로 그때를 뜻한다.

74) 로이스강(라상하, 羅上河, Reuss river): 국한문본에서는 '羅上阿畔'이나 중국어본 '羅上河畔'의 오식이다. 羅上河는 로이스(Reuss)강을 가리키는 것으로 추측되는데, 빌헬름 텔의 원작에도 로이스강이 나온다.

75) 빈주를 정한 후에: 원문은 '빈쥬를 명흔후에'. 의미가 미상이다. 국한문본에는 '賓主를 不拘하고'로 되어 있기에 '손님과 주인을 가리지 않고' 정도로 해석되는 것이 자연스러워 보인다.

아들 발터도 잔치에 참여하였는데 국사를 위한 강개한 언론과 충분한 심사[76]를 사람마다 칭찬하지 않는 이가 없었다. 아르놀트가 빌헬름 텔을 향하여 자기 부친의 소식을 묻다가 게슬러에게 해를 당했음을 듣고 무수히 통곡하다가 다시 울음을 거두고 탄식하였다.

"대장부가 큰일을 경영하는데 어찌 가사(家事)를 생각하겠는가."

그리고는 곧 격서를 꺼내 보여주었다. 빌헬름 텔이 한번 읽어본 후 손뼉을 치며 칭찬하였다. 또 취흥이 돋아 노래 한 곡을 청해 부르니 그 제목은 「애국가」였다. 이때 빌헬름 텔의 정신은 씩씩하고 기상은 당당하며 얼굴은 복숭아꽃 같고 음성은 봉황 같았다. 진실로 격앙되고 강개하며 통쾌하고 힘찬 모습[77]이 신선이 하강한 듯하니, 누가 칭찬하고 탄복하지 않겠는가. 그 후에 여러 사람이 차례로 연설을 하는데, 하는 말마다 나라 회복이요, 소리마다 백성 구원이었다. 이날 밤 사람들은 높은 흥취와 웅장한 언론으로 동방이 밝는 줄 깨닫지 못하였다.

---

76) 강개한 언론과 충분한 심사: 원문은 '강기ᄒᆞ 언론과 충분ᄒᆞ 심ᄉᆞ'. '강개'는 비분강개(悲憤慷慨), 충분은 '忠奮'(충의를 위해 떨쳐 일어남) 혹은 '忠憤'(충의로 생기는 분한 마음)의 의미로 볼 수 있다.

77) 격앙되고 강개하며 통쾌하고 힘찬 모습: 원문은 '격앙강기ᄒᆞ며 쾌락림리ᄒᆞ여'. 국한문본은 '激昻慷慨하고 痛快淋漓하여'의 뜻을 풀어 해석하였다.

5.[78]

이같이 중대한 일에 어찌 천금 같은 시간을 잠시나마 허송하겠는가. 조반을 재촉하여 먹은 후에 각각 떨쳐 일어나 맡은 임무대로 행동했다. 각기 군마를 부르고 군량(軍糧)을 나누고 지형을 측량하고 소식을 정탐하고 재물을 준비하느라 분주하여 한가할 틈이 없었다. 아르놀트가 빌헬름 텔을 향하여 말하였다.

"형님 부자(父子)는 이곳을 다스려 주시오. 이 아우가 마땅히 밖에 나가 용맹과 지식 있는 사람을 구해오겠소. 형의 고향은 사람과 말이 강성하고 풍속이 순박하며 형의 의기를 순종하는 곳이오. 만일 형의 신표(信標)만 있으면 일제히 따를 것이니 청컨대 서신 한 장을 써서 내게 맡겨 주시오."

텔의 아들 발터가 이 말을 듣고 앞에 나아가 말하였다.

"부탁할 말씀이 있습니다. 제가 집에서 공부할 때 여러 선비와 연을 맺었습니다. 제가 알기로 그들은 [나라] 회복할 열심이 있으니 제 서찰을 전하면 반드시 따를 것입니다. 오늘 일은 물론 어떤 일이든 사람 얻는 것이 제일입니다."

말을 마치고 종이와 붓을 잡아 서신 한 통을 써 드리니 아르놀트가 이를 받아 행장에 수습하였다. 그리고 빌헬름 텔 부자와 함께 약속을 잡되 내년 정월에 어떤 곳에서 만날 때 어떤 군호를 부를지를 비롯하여 이런저런 비밀스러운 사정을 말한 후에 손을 나누어

---

78) 제5회. 아르놀트 모병(募兵) 위해 두 개 강을 건너고, 발터는 부친 따라 장터를 지나가다.(亞魯拿募兵渡二河 華祿他隨父過市鎭)

작별하였다.

차설. 빌헬름 텔이 아르놀트와 작별한 후에 부자가 함께 병법을 강론하며 군사 기술을 연습하였다. 하루는 날씨가 청명하고 맑은 바람에 새 소리가 매우 아름다워 사람의 흥을 돋우었다. 이때 빌헬름 텔은 오랜 객지 생활에 심회가 적막하여 기꺼운 마음이 사라지고 울적한 기분이 올라왔다. 발터가 앞에 나아가 말씀드렸다.

"부친께서 심회가 평안하지 않으시니 반드시 마음에 무슨 동요가 있을 것입니다. 바라건대 잠깐 몸을 움직여 상쾌한 기운으로 산에 올라 짐승이나 사냥함이 좋을까 합니다."

빌헬름 텔이 기뻐하며 얼른 답하였다.[79]

"내가 요즘에 매우 적막하여 근심을 스스로 풀지 못하였으니 네 말이 딱 맞구나. [그런데 네 마음을] 알지 못하겠다. 너도 함께 가기를 원하느냐."

발터는 본래 영민하고 준수한 남자라서 고요함을 즐기지 않기에 흔쾌히 [함께 가겠다고] 대답하였다. 부자가 함께 일어나 사냥복을 입고 활과 화살을 준비했다. 심부름하는 하인에게 분부하여 문단속을 시킨 후에 곧 깊은 산골짜기를 향해 갔다. 활을 당겨 화살을 쏘면 길짐승과 나는 새가 일제히 활시위 소리에 맞춰 떨어지니 참으로 백발백중이었다. 잠깐 사이에 얻은 짐승이 셀 수 없으나 너무 많으면 가지고 가기가 어려워서 그만 활쏘기를 멈추었다. [잡

---

79) 얼른 답하였다: 원문은 '련망이 딕답ᄒ되'. 국한문본에는 '連忙答道하되'. 연망(連忙)은 '얼른, 재빨리'를 뜻한다.

은] 짐승을 한 무더기로 합하여 짊어지고 산에서 내려갔다. [사냥한 고기가] 비록 수백 명이라도 다 먹을 수 없을 [만큼 많고], 또 날씨가 매우 더워 상할까 두려웠다. 결국 시장에 내다 파니 이 시장에 [사냥한] 짐승이 이처럼 많이 나온 것은 처음 있는 일이었다. 사람마다 앞다퉈 사가서 몇 시간도 안 되어 다 팔렸다. 해가 진 후에 부자가 함께 여관에 가서 쉬는데, [밖에서] 홀연 큰 소리가 들리며 좌중의 사람들이 모두 웅성거렸다.

6. [80]

빌헬름 텔이 그 까닭을 알고자 하여 부자가 함께 문밖으로 나가 한 곳에 다다르니, 무수한 사람이 산같이 모여 있었다. 텔이 옷매무새를 단정하게 정리하고 무리를 향하여 공손히 말하였다.

"여러분께 묻습니다. 우리가 서로 시장에 왕래하며 생업을 경영하니 오직 평안하기를 요구할 것인데, 이처럼 소란이 일어난 이유를 알 수 없습니다. 무슨 까닭입니까?"

마침 주름진 얼굴[81]의 백발노인이 텔의 공경하고 은근한 태도를 보고 답례하며 말문을 열어 대답하였다.

"손님께서는 알지 못하실 것입니다. 저희는 이곳에서 생업을 꾸

---

80) 제6회. 모자를 높이 걸어 인민에게 절 시키니, 나무 기둥 부러뜨려 부자가 체포되다.(懸冠冤人民須下拜 折木柱父子被擒拿)
81) 주름진 얼굴: 원문은 '쟝안'인데 중국어본과 국한문본의 '蒼顔'의 오식으로 보인다. '蒼顔'은 늙고 노쇠한 얼굴이라는 뜻이기에 이런 뜻을 살려 의역하였다.

려간 지 오래입니다. 가끔 일이 생기면 좋은 말로 여러 사람을 정돈하여 불평함이 없었는데 뜻밖에 이런 일이 있을 줄을 어찌 생각하였겠습니까. 청컨대 자세히 들어 주십시오. 우리가 게르만에게 학대받는 사정은 이루 다 말할 수 없지만, 오늘은 더욱 분통한 일이 있습니다. 그들이 장터에 나무 기둥을 세우고 그 위에 모자를 씌우고 포고문을 한 장 붙였습니다. 스위스 백성은 귀천을 막론하고 이 앞으로 지날 때면 반드시 예를 극진히 하되 만일 조금이라도 공손하지 않으면 죽을죄를 면치 못하리라는 것입니다. 그러니 과연 어찌하여야 좋을지 몰라 여러 사람이 소란한 것입니다."

노인이 이야기를 마치며 처량하고 원통함을 금치 못하였다. 텔이 이 말을 듣고 피가 끓으나 장차 큰일을 벌이려는 사람이라 짐짓 노기를 감추고 화평한 말로써 위로하였다.

"그렇다면 과연 여러분이 분하게 여기시는 것도 마땅합니다."

텔이 곧 노인과 이별하고 숙소에 돌아왔으나 이 일을 생각하니 울적한 마음이 풀리지 않았다.

이때 게슬러가 스위스에 애국당이 있어 국가를 회복할 뜻으로 모인 무리가 자못 굉장하다는 소문을 들었다. 생각하되, 이 무리를 일찍 제어하지 않으면 반드시 후환이 되리라 하여 여러 날 정신을 허비하다가 한 묘책을 얻었다. 길가에 나무 기둥을 세워 그 위에 모자를 씌우고 지나는 사람마다 [이 모자에] 경례하라는 포고령을 붙인 후, 군사를 보내서 몰래 탐지하도록 했다. [모자에 경례하지 않는] 거만한 자는 분명 수상한 사람이니 곧 잡아들여 취조하면 애국당의 근본을 알 수 있을 터였다. [애국당이] 한번 발각되면 멸망시키는 것은 손바닥 뒤집듯 쉬우리라고 생각했다. [그러나] 이 법을 시행한 지 5, 6일이 지나도록 한 사람도 감히 거역하지 못하고 [기둥 앞을] 지날 때마다 머리를 굽히며 공손히 경례했다. 게슬러가 크게 기뻐하며 말하였다.

"스위스 인종이 저렇듯 어리석고 약한데 어찌 제 나라를 회복하겠는가. 소위 애국당이라 함은 진실로 헛소리다. 내 무슨 근심이 있겠는가."

그리고서 술잔을 들어 취하도록 마시며 실컷 즐겼다.

차설. 빌헬름 텔이 숙소에 돌아온 후 생각할수록 분함을 이루 헤아릴 수 없었다. 결단코 생사를 불문하고 그 기둥 앞에 가서 경례하지 않으면 무슨 일이 생길지 내 한번 시험해 보겠다는 생각이 들었다. 부자 두 사람이 빨리 나아가 그곳에 도착하여 살펴보았다. 기둥 높이가 10여 장(丈)인데 그 위에 모자를 씌웠으며 그 아래 [모자에] 경례하라는 글을 붙여놓았다. 두 사람이 거만한 모습으로 보기를 마치고 천천히 지나가니[82] 파수하는 병정이 내달려와서 힐문하였다.

"너희가 감히 법을 어기다니 참 담대하구나."

빌헬름 텔 부자가 즉시 대답하였다.

"무지한 도적에게 무슨 법이 있겠는가."

이렇게 말하고 곧 손을 움직여 기둥을 잡고 한번 들어 치니 벽력

---

82) 천천히 지나가니: 원문은 '언연이 지나니'. 국한문본의 '挺然直行하여'의 의미를 풀어 번역하였다.

같은 소리가 나며 기둥이 꺾여 두 동강이 났다. 군사가 매우 놀라 호각을 불자 여러 놈이 일제히 일어나 빌헬름 텔 부자를 잡으려 했다. 두 사람이 조금도 두려워하지 않고 천연덕스러운 걸음으로 나아가서 주먹을 들어 팔을 휘두르는 곳마다 [게르만 군사가] 물결 같이 흩어졌다. 그 군사가 허둥지둥 도망가서 게슬러에게 고하였 다. 이때 게슬러는 한창 술잔을 잡고 스스로 위로하며 자기의 묘책 을 자화자찬하고 있었다. 군사의 급보를 듣고 몹시 놀라서 화를 내며 많은 군마를 일으켜 친히 거느리고 성화(星火)같이[83] [달려가 빌헬름 텔을] 에워쌌다. 저들은 군사도 강할뿐더러 날카로운 무기 도 있으니[84] 빌헬름 텔의 맨손과 맨주먹이 어찌 비교될 수 있겠는 가. 빌헬름 텔 부자가 어쩔 수 없어 저들에게 잡혔지만 조금도 두려 워하지 않고 오히려 큰 소리로 웃으며 말하니 영웅의 기량이 오늘 나타난 것이다. 여러 사람이 머리를 굽혀 탄식하며 빌헬름 텔은 죽을 지경에 이르러서도 두려워하지 않으니 참 천고의 뛰어난 사내 라면서 매우 애석히 여겼다.

　게슬러가 빌헬름 텔을 사로잡고 나서 크게 기뻐하였다. 곧 심문 하는데 탁자를 치며 꾸짖어 말하였다.

　"너같이 천한 놈이 감히 법을 거역하고 관장(官長)을 능멸하며

---

83) 성화같이: 성화(星火)는 유성이 떨어질 때의 불빛으로 남에게 해 대는 독촉 따위 가 몹시 급하고 심하다는 의미이다.
84) 날카로운 무기도 있으니: 원문은 "긔계가 쏘흔 날닉니." 국한문본의 "維霖愓露 父子二人이 手上에 堅利한 器械가 沒有하고 다만 奪來한 木棍二枝가 有한지라 어찌 後來親兵과 比較하리오"라는 구절을 참조하여 문맥에 맞게 번역하였다.

관병(官兵)을 구타하느냐."

텔이 이 말을 듣고 몸을 솟구어 위풍이 늠름하고 살기 등등한
[태도로] 소리를 가다듬어 꾸짖었다.

"강도 게르만아. 우리 토지를 빼앗고 우리 인민을 해치는 것으
로도 오히려 부족하여 이처럼 천고에 없는 악한 행실을 하느냐.
우리 부자가 오늘 이곳에서 죽어 여러 동포의 분노와 수치를 씻고
자 하니 죽이려거든 죽일 것이지 무슨 잔말로 영웅을 모욕하느냐."

게슬러가 이 말을 듣고서 텔이 분명 애국당임을 알고 더욱 크게
노하여 죽이려 하니 텔 부자는 오직 목을 빼고 죽기만 기다렸다.

7. [85)

이때 게르만의 태자 알브레히트가 방에 있다가 큰 소리로 꾸짖
었다.

"내가 저놈의 이름을 들은 지 오래였는데 오늘 스스로 죽을 곳에
나왔으니 누구를 원망하겠느냐. 곧 처형하라."

게슬러가 문득 기뻐하며 말하였다.

"황태자께서는 지나치게 노여워 마옵소서. 제게 묘책이 하나 있
습니다."

그리고 빌헬름 텔을 향하여 말하였다.

---

85) 제7회 과일 쏘라 명령 빌어 영웅 죽일 모의하고, 노 젓는 배를 얻어 천심(天心)
호걸 구하다.(命射果假手殺英雄 求棹舟天心救好漢)

"내 들으니 네가 활을 잘 쏜다더구나. 이제 네게 살길이 있다."

빌헬름 텔이 물었다.

"무슨 일이냐?"

게슬러가 말하였다.

"네 자식을 결박하여 앉히고 그 머리 위에 과실 한 개를 놓을 것이다. 네가 수백 보 밖에서 그 과실을 맞히면 너희 부자가 다 죄를 면할 것이요, 만일 실수하면 네 자식은 네 활로 스스로 죽인 것이니 원망할 것이 없으려니와 너도 살지 못할 것이다. 그러니 너희 부자가 살고자 하면 내가 말한 바를 거역하지 말아라."

빌헬름 텔이 이 말을 듣고 생각하였다.

'내가 비록 명궁이나 조금이라도 실수하면 내 아들을 내가 죽이는 것이요, 또한 나도 죽게 될 것이다.'

이리저리 생각하다가 홀연 한 가지 계교를 생각하고 자신에게 말하였다.

'내가 본래 가진 화살이 [한 대] 있으니 다행히 한번 쏘아 과실을 맞히면 살길이 있지만 만일 맞히지 못하면 부자가 다 같이 죽을 뿐이다. 그러면 내가 지닌 화살을 다시 발사하여 게슬러를 쏘아야겠다. [그를] 죽이면 좋고 죽이지 못하더라도 내가 죽기는 마찬가지다.'

이렇게 뜻을 결정하고 게슬러를 향하여 말하였다.

"네 말이 그러하니 모쪼록 활과 화살을 내게 보내어 영웅의 재주를 구경하여라."

게슬러가 곧 좌우에 명하여 활과 화살을 내주고 빌헬름 텔 부자를 각각 [제 위치에] 배치하여 [명령을] 거행하게 했다. 이때 가깝고 먼 곳에서 사람들이 모두 나와서 구경하였다. 천고에 드문 일일 뿐만 아니라 저 부자가 어떤 모습이며 활 쏘는 법이 어떠할지 [궁금해서 나온] 사람들은 [텔 부자의 처지가] 가련하고 조마조마해서 '어찌하면 좋을꼬' 하며 울지 않는 이가 없었다. 빌헬름 텔 부자는 오히려 흔연히 웃으며 말하였다.

"그대들은 부질없이 상심하지 마십시오. 어찌 눈물로 내 목숨을 구원하겠소. 내가 죽기를 겁냈다면 굳이 이런 일을 하지 않았을 것이오. 청컨대 그대들은 몸을 아끼지 말고 나라를 회복하여 내 뜻을 이루시오."

이때 이미 활을 쏠 시간이 닥쳐왔다. 게슬러가 대(臺) 위에서 호령하며 어서 속히 거행하라 하자 발터 옆에 있던 한 군사가 조롱하며 말하였다.

"잠시 후면 염라국에 들어갈 것이니 네가 염라대왕을 보거든 네 아비가 너를 이같이 죽였다고 말하여라. 아비가 자식을 죽이다니 나도 [네가] 불쌍하구나."

그가 말을 다 마치기도 전에 발터가 크게 소리 질러 꾸짖었다.

"내 비록 불행하여 죽더라도 하늘로 올라가 신령의 도움을 얻어 너희 개 같은 도적을 멸할 것인데 어찌 구구히 염라국을 향하겠느냐."

[발터가 꾸짖는] 소리가 사람의 정신을 놀라게 하였다. 빌헬름 텔이 활을 잡고 발터를 향하여 쏘니 무언가 땅에 떨어졌다. 스위스 사람 여럿이 일제히 시끄럽게 울며 말하였다.

"우리나라의 영웅호걸이 죽었으니 이 뒤에 누가 능히 그 뜻을 이어 나라를 회복하겠는가. 우리가 살아있은들 무슨 유익이 있겠는가. 차라리 텔을 따라 죽는 게 낫겠다."

이렇게 못내 슬퍼하는데 홀연 손뼉 치며 웃는 소리가 우레 같이 울리며 칭찬[하는 말이 들렸다.]

"기이하구나! 빌헬름 텔의 재주여! 천금같이 귀한 영웅이 털끝만큼도 상하지 않았으니 진실로 하늘이 도우사 살린 것이다."

게슬러가 수염을 흔들며 은혜를 베풀듯이 빌헬름 텔을 향하여 말하였다.

"내가 처음에 너를 보니 일개 농부에 불과해서 차마 스스로 죽이지 못하여 짐짓 이렇게 하였더니 어찌 네게 이런 재주가 있음을 알았겠는가. 만일 너를 놓아 보내면 반드시 여러 호걸과 연을 맺어 큰일을 도모할 것이니 우리가 어찌 평안하겠는가."

게슬러가 이렇게 말하면서 땀이 흐르고 정신을 수습하지 못하였다. 빌헬름 텔이 그 모양을 보니 우습고 가여워 앞에 나아가 크게 소리쳐 말하였다.

"대장부가 세상에 나서 좋은 이름을 후세에 전하지 못하면 차라리 악한 이름이라도 전해야 하거늘 생각건대 너는 자칭 영웅이라 하나 겁도 많고 재주도 없구나. 어찌 이 같은 소소한 일에 놀라고 넋이 빠졌느냐. 참 우습다. 오늘 활을 쏠 때 내가 어찌 요량이 없었겠느냐. 내 진심을 말할 테니 자세히 들어라. 다행히 과실을 맞히면 자식을 살릴 것이요, 만일 불행하면 부자가 함께 죽을 것이니 이 지경을 당하여 내가 뜻한 바는 처음에 과실을 맞히면 좋겠지만 만일 불행하면 재차 내 몸에 있는 화살로 네 목숨을 취하려 하였다.

다행히 무사하였으니 너를 위하여 축하하노라."

게슬러가 이 말을 듣고 다시 놀라 꾸짖으며 말했다.

"네가 음흉한[86] 마음을 품고 당당한[87] 우리를 업신여기니 너를 곧 멸하지 않으면 장래 큰 우환이 되겠다."

마침내 나졸에게 명하여 텔 부자를 옥에 가둔 후에 게슬러가 혼자 생각하였다.

'저 부자를 곧바로 죽이면 그 동료들이 원수를 갚으려고 모두 와서 저항[88]할 것이요, 죽이지 않으면 크나큰 화가 될 것이니 장차 어찌하면 좋을까.'

이리저리 생각하다가 문득 한 가지 계책을 생각하고 크게 기뻐하며 말하였다.

"그 부자를 퀴스나흐트[89] 땅으로 보냈다가 몰래 죽이면 진실로 교묘할 것이다. 그러나 대낮에 잡아 보내면 이목이 번다하여 소문이 시끄럽게 퍼질 것이니 밤이 깊고 인적이 고요한 때를 기다렸다가 큰 배를 얻어 수로를 따라가면 그 종적을 누가 알겠는가."

곧 군사를 불러 조치할 도리를 비밀스럽게 전하고 밤이 되기를 기다렸다. 어느새 [밥 짓는] 푸른 연기가 저녁 경치를 그리고 여러

---

86) 음흉한: 원문은 '불측흔'이다. '불측'(不測)의 뜻을 풀어 번역하였다.

87) 당당한: '당당(堂堂)하다'는 힘이나 세력이 큼을 뜻한다.

88) 저항: 원문은 '겁칙'(劫敕). 일반적으로 강간을 뜻하지만, 이 글의 맥락에서는 폭력으로 저항한다는 의미로 이해된다. 중국어본과 국한문본에서는 '겁탈'(劫奪)로 되어 있다.

89) 퀴스나흐트(극나우다, 克拿虞多, Küssnacht): 스위스 슈비츠 지역의 마을로 『빌헬름 텔』 원작에서 게슬러가 빌헬름 텔을 끌고 가려는 곳으로 나온다.

새가 다투어 [둥지로 돌아가] 깃을 들였다. 게슬러가 곧 기구(器具)를 차려 군사를 거느리고 큰 배를 준비한 후 빌헬름 텔 부자를 끌어와 배에 싣고 자기도 함께 배에 올라 길을 떠났다. 고요한 물결은 뱃노래에 화답하고 청명한 하늘빛은 물결을 인도하였다. [그런데] 홀연 검은 구름이 일어나더니 바람 소리에 답하듯 천지를 뒤덮을 [만한 큰] 물결이 쳤다. [큰 파도에] 태산도 지탱할 수 없는데 배가 어찌 온전하겠는가. 사람의 생사가 경각에 달릴 만큼 위급했다. 게슬러가 놀라서 넋이 나간 채로[90] 황망히 여러 군사를 향하여 간청했다.

"누가 능히 나를 구원하겠느냐. 마땅히 귀중한 상을 내릴 것이다."

[그러나] 수십 명의 군사가 다만 하늘을 우러러 살기만 빌 뿐이요, 속수무책이었다. 갑자기 한 사람이 큰 소리로 말했다.

"대인은 너무 근심하지 마옵소서. 저 죄인이 어려서부터 활쏘기와 배 부리기로 유명하니 한번 명을 내려 [그 재주를] 시험함이 좋을 듯합니다."

게슬러가 곧 빌헬름 텔에게 간청했다.

"네가 능히 나와 여러 사람을 구원하면 너희 부자를 무사히 놓아 줄 것이니 네 의향이 어떠하냐?"

빌헬름 텔이 미처 대답하지 못한 사이 발터가 크게 소리쳐 말하였다.

"아버님께서는 그놈의 간사한 말을 믿지 마십시오. 대장부가 한

---

90) 넋이 나간 채로: 원문은 '혼불 부신ᄒᆞ야'. 혼불부신(魂不附身)은 혼백이 어지러이 흩어진다는 뜻으로, 몹시 놀라 넋을 잃음을 이르는 말이다.

말이 천금같이 소중함을 안다면 과실을 맞혔을 때 이미 우리 부자를 놓아주었을 것이니 어찌 또 이 지경에 이르렀겠습니까."

발터가 이렇게 말할 때 두 눈에 번갯불이 일고 이를 갈며 게슬러를 잡아먹을 듯하였다.[91] 빌헬름 텔이 짐짓 웃고 그 아들을 돌아보며 말하였다.

"너는 너무 흥분하며 화내지 말아라.[92] 나도 생각하는 바가 있다."

발터가 또 대답했다.

"부친께서는 저놈의 허망한 말에 속지 마십시오. 우리 부자는 스위스에서 그리 중요하지 않은 사람이니 이 물에 [빠져] 죽어도 상관없습니다. 또한 의리를 위하여 죽은 것은 족히 영광이라 할 것입니다. 그러나 저놈의 생사에는 우리나라 흥망이 달렸으니 저놈을 죽이면 나라를 회복할 것이요, 원수를 갚을 수 있을 것입니다."

빌헬름 텔은 [발터가] 아직 젊은 혈기라 분한 생각만 하고 앞일은 알지 못한다고 여겼다. 곧 회답하여 말했다.

"너는 그 이상 말하지 말아라. 내게 장차 방법이 있다."

말이 다 끝나기도 전에 게슬러가 웃음을 머금고 군사에게 명하여 빌헬름 텔 부자의 칼[93]을 벗기도록 했다. 이때 두 사람의 쾌락한

---

91) 게슬러를 잡아먹을 듯하였다: 원문은 '예스륵을 향ᄒᆞ여고기를 먹고ᄌᆞᄒᆞᆫ지라'. 국한문본의 '倪士勒의 肉을 欲食하는 勢가 有하니'라는 구절을 참조하여 의역하였다.
92) 너무 흥분하며 화내지 말아라: 원문은 '쾌쾌이 말지어다'. '쾌쾌하다'는 '성격이나 행동이 굳세고 씩씩하여 아주 시원스럽다, 기분이 무척 즐겁다'를 뜻하는데 본문 맥락과는 어울리지 않는다. 북한 방언에서는 '몹시 고리타분하다, 하는 짓이나 생김새가 쩨쩨하다'를 뜻하기도 한다. 국한문본에서는 "爾는 또한 怒號大叫치 勿하라"로 되어 있다. 국한문본의 뜻과 맥락을 살려 의역하였다.

마음이 비유컨대 용이 비구름을 얻어 하늘에 오른 듯했다. 텔이 곧 뱃머리로 가서 노를 잡고 바람을 몰아 물결을 헤쳐나갔다. 비록 풍랑이 위급하나 배가 화살 같이 [나아가] 족히 염려하지 않을 만했다. 이때 폭풍우가 아직 그치지 않아서 지적을 분별할 수 없었다. 빌헬름 텔이 한 계교를 생각하여 퀴스나흐트로 가지 않고 짐짓 악센[94]을 향해 배를 몰았다. 언덕에 도착하여 먼저 발터를 배에서 내려놓고 몰래 당부하기를 수풀 가운데 몸을 숨기라 하였다. 다시 배를 몰아 수십 보 가다가 자기도 언덕에 뛰어올라 산골짜기로 가서 종적을 감추고는 그 배가 뒤집히든 사람이 죽든 도무지 상관하지 않았다.

그때 비바람이 개고 물결이 고요해졌다. 게슬러가 비로소 정신을 수습하여 자세히 살펴보니 빌헬름 텔 부자가 간 곳 없었다. 크게 화를 내며 곧 군사에게 명하여 배를 저어 언덕에 올라 텔 부자의 종적을 탐지하게 하였다. 게슬러는 홀로 걸음을 재촉하여 악센으로 향했다.

8.[95]

게슬러가 마음이 급하고 노기가 치밀어올라서 괴로움을 생각하

---

93) 칼: 두껍고 긴 널빤지의 한끝에 구멍을 뚫어 죄인의 목에 씌우던 형틀을 뜻한다.
94) 악센(아이타, 亞爾他, Axen): 『빌헬름 텔』원작에서 텔이 퀴스나흐트가 아닌 악센(Axen) 산기슭으로 배를 몰아 뛰어내렸다는 이야기가 나오기에 아이타/亞爾他를 악센의 한자 음역으로 추측했으나 확실하지 않다.
95) 제8회. 위험 벗은 기세 타서 적의 신하 주살하고, 시기 좋아 의거하여 옛 나라 회복하다.(脫危險乘勢誅賊臣 趁時機擧義恢舊國)

지 않고 분주하게 뒤따랐다. 눈과 귀가 어지럽고 땅이 비로 질척거리고 길이 험하여 걸어가기가 매우 힘들었다. 그뿐 아니라 평소에 한 번도 가보지 않은 곳이라 동서를 분별할 수 없기에 높은 언덕과 깊은 수풀[을 헤매는] 게슬러의 곤궁한 행색은 가히 사람들이 두려워할 만하였다. 석양에 지저귀는 새 울음소리는 가는 사람을 조롱하고 시냇가에 나무하는 아이의 풀피리 소리는 저문 길을 재촉하였다. 날은 이미 저물고 길이 또한 험하니 이런 경우를 당하면 영웅이라도 오히려 심회가 동요하여 눈물을 지을 터였다. 하물며 게슬러 같이 하찮은 자[96]가 제가 꾀하던 바를 이루지 못하고 이 지경에 이르렀으니 어찌 후회스럽고 참담한 생각이 없겠는가.

각설. 빌헬름 텔이 산골짜기에 은신하여 감히 앞으로 나서지 못하였다. 날이 저물어서 아들이 어느 곳에 숨었는지 찾으려고 이리저리 헤맸다. 그러다가 홀연 놀라 바라보니 한 곳에 불빛이 일어나며 사람 소리가 점점 가까이 들려왔다. 불현듯 생각이 떠올라[97] 손가락을 꼽아 자세히 계산해보니 과연 애국당과 함께 군사를 일으키기로 한 날이었다. 기쁨을 이기지 못하여 곧 숲 가운데로 가서 그 아들을 찾았다. 이때 발터는 숲 깊은 곳에 있다가 소란한 소리를 듣고 게슬러의 군사가 쫓아오는 것이 아닐까 의심하여 점점 몸을

---

96) 게슬러 같은 하찮은 자: 원문은 '예스록 굿흔의싱으로'. 국한문본에는 '倪士勒은 一個奸雄으로'라고 되어 있기에 '의싱'='애생'이 정확히 어떤 뜻인지 알기 어렵다. 隘生(기량이 좁은 자) 혹은 埃生(티끌 같이 하찮은 자)라고 보아 의역하였다.
97) 불현듯 생각이 떠올라: 원문은 'ᄆᆞᆷ에 명빅히 싱각ᄒᆞ고'. 국한문본은 '心中에 明白起來하여'. 문맥을 살려 의역하였다.

숨겼다. 텔은 아들이 보이지 않자 마음이 매우 조급하여서 휘파람한 곡조를 불러서 찾는 뜻을 전했다. [그제서야] 발터가 부친이 온 줄을 알고 얼른 나와서 손을 맞잡고 서로 위로하였다. 그 후에 텔이 발터를 향하여 말하였다.

"너는 오늘 기약이 생각나느냐. 우리 애국당이 거사하기로 기약한 날이 바로 오늘이다. 내가 아까 산골짜기에 있을 때 불빛이 밝게 비쳤는데 이는 반드시 군호(軍號)를 서로 통함일 것이다. 우리가 얼른 그곳에 가서 여러 사람과 동심합력하여 게슬러를 잡으면 진실로 장쾌할 것이다."

곧 길을 떠나니 이날 밤에 기운이 청명하여 공중에 가득한 달빛이 마치 사람의 앞길을 인도하는 것 같았다. 부자가 함께 가서 [불빛이 비치던] 곳에 다다랐다. 이때 아르놀트는 빌헬름 텔 부자가 위태하다는 소식을 듣고 바야흐로 군사를 몰아 구원하고자 하던 중이었다. [그런데] 홀연히 그 부자 두 사람이 진지 앞에 온 것을 보니 반신반의하여 감히 말을 걸지 못하였다. 그러다가 그 부자가 일제히 소리를 지르며 앞으로 달려와 손을 잡자 비로소 그들이 죽지 않은 것을 알고 희비가 교차하였다. 아르놀트가 텔 부자를 군막에 이끌고 들어가서 지난 일을 자세히 듣고 나니 놀라서 흘린 땀이 등을 적셨다. 아르놀트가 손뼉을 치며 칭찬하였다.

"형이 나라를 회복하고 백성을 구원하고자 하는 정성이 지극하여 함정에 빠졌다가 오히려 살길을 도모하였으니 이는 진실로 하늘이 감동하여 우리를 도와 큰일을 성공하게 한 것이오."

이어서 술을 들어 서로 권하며 달을 대하여 회포를 풀었다.[98]

사람들은 빌헬름 텔 부자가 죽을 지경에서 살아온 것을 보고 저마다 나와 위로하는 술을 권하고, 이어서 텔에게 일장 연설을 청하였다. 텔이 사양하지 못하고 단에 올랐다. 인사를 마친 후 웅장한 목소리로 흐르는 물처럼 유창하게 말하니 말마다 간절하여 인심을 격동하였다. 그가 또 이렇게 말하였다.

"내가 몸을 피해 몰래 도망하였으니 게슬러가 반드시 급히 따라올 것입니다. 생각건대 그가 아무 산을 지나 아무 길로 좇아 올 것이니 내가 활을 가지고 길가에 숨었다가 화살 한 대로 그놈의 목숨을 취하려 합니다. 그러면 이는 전국의 다행이요, 백성의 복락일 것입니다. 그러니 여러분은 동심합력하여 고국을 회복하고 원수를 갚은 후에 태평 동락하기를 간절히 바랍니다."

말을 마치자 자리를 가득 메운 여러 사람이 손뼉을 치며 칭찬하였다. 다시 술을 나누고 서로 권하며 즐기다 보니 닭 울음소리가 새벽빛을 재촉하고 붉은 햇빛이 자는 사람을 깨웠다. 빌헬름 텔이 즉시 활과 화살을 챙기고 무리를 향하여 말하였다.

"내 이 길로 가서 그놈을 죽일 것이니 청컨대 소식을 기다리십시오."

그리고는 씩씩한 기상으로 산골짜기를 향하여 떠나갔다.

이때 게슬러가 빌헬름 텔의 종적을 알지 못한 채 하룻밤을 지낸 후에 또 뒤따라오고 있었다. 그는 수고를 마다하지 않고 [텔의 종

---

98) 회포를 풀었다: 원문은 '회포를 통창케ᄒᆞ니'. 중국어본이나 국한문본에 없는 구절로 '통챵'의 의미가 불분명하다. '通敞'(시원스럽게 넓고 환하다)의 의미로 풀어 의역하였다.

적을] 여기저기 분주히 찾아다녔다. 이때 빌헬름 텔이 길가에 은신하였다가 게슬러가 오는 것을 보고 재빨리 화살 하나를 쏘아서 바로 그 머리를 맞히고 다시 쏘아 가슴을 꿰뚫었다. 슬프다! 게슬러의 목숨이 다시 어느 곳에 있는가! 빌헬름 텔이 기쁨을 측량치 못하여 문득 길가의 큰 돌에 이곳에서 피난했던 것과 도적 죽인 일을 자세히 기록하고 이어서 노래를 부르며 돌아갔다. 여러 무리가 그 자세한 사정을 듣고 뛸 듯이 날 듯이 춤을 추며 노래하니 그 기쁨을 어찌 다 기록할 수 있겠는가. 이때 갑자기 한 소년이 큰 소리로 말하였다.

"오늘 비록 게슬러를 죽였으나 그 군사가 이를 알면 반드시 알브레히트에게 고하여 무수한 군사를 몰아 우리를 잡으려 할 것입니다. 우리가 만일 미리 대비하지 않고 불의에 변을 당하면 저들의 군사를 당하지 못할까 두렵습니다. 그러니 여러분께서는 장차 어찌하려고 하십니까?"

모두 돌아보니 이는 발터였다. 아르놀트가 곧 대답하였다.

"그 말이 과연 합당하다. 우리가 맹세코 정신을 차리고 원수를 멸하여 고국을 회복해야 할 것이다."

이에 군량과 군기를 배치하고 여러 사람에게 명하여 임무를 정한 후에 산속에 가서 [전투를] 연습하였다. 빌헬름 텔은 여러 사람이 앞다퉈 용기를 내서 분발하는 것을 보고 기쁜 [웃음]을 머금고 무리를 향하여 말하였다.

"우리가 오늘부터 전장(戰場)의 일을 시작하였으니 제군은 모름지기 힘을 다하여 조금도 물러나지 말아라."

모두 '네!'라고 응답하였다. 이어서 계급을 정하니 여러 공론에 따라 빌헬름 텔을 대원수로, 아르놀트를 대장군으로, 발터를 선봉으로 삼고, [그 외에도] 각각 직분을 정하였다. 사람들이 모두 분발하여 고국을 회복하지 않고는 죽어도 그만두지 않을 것이라 하였다.

9.[99]

각설. 게르만 군사들이 게슬러가 여러 날 돌아오지 않는 것을 보고 소식을 탐문하다가 그가 죽은 곳에 이르러 빌헬름 텔에게 죽임을 당한 것을 알게 되었다. 한편으로는 텔의 종적을 찾고 다른 한편으로는 게슬러의 시신을 메어 관아로 돌아갔다. 이때 알브레히트는 여러 군사가 한 시체를 가져오는 것을 보고 이는 반드시 빌헬름 텔의 주검이라 생각하여 매우 기뻐하였다. [그러나] 곧 게슬러가 죽은 정황을 자세히 듣고서 큰 소리로 울며 황황망조[100]하였다. 군사가 급히 고하기를 애국당이 깃발을 세우고 군사를 일으켰다고 했다. 알브레히트가 매우 놀라고 화가 나서 곧 정예병 수천 명을 내서 물과 육지로 함께 나아가 애국당에 대적하라고 명하였다.

이때 애국당[의 기세가] 물 끓는 듯하여 날마다 가입하는 자가 셀 수 없이 많았다. 빌헬름 텔이 생각하되 사람이 많으면 마음이

---

99) 제9회. 대사를 성공시켜 공화국을 세우고, 중흥을 이룩하여 상하 평등 권리 얻다. (成大事共和立國政 奠中興上下得平權)
100) 황황망조(遑遑罔措): 마음이 급하여 어찌할 줄을 모르고 허둥지둥하는 모습을 말한다.

흩어져 하나로 모이기 어려울까 걱정이었다. 이에 노래 한 편을 지어서 여러 사람의 뜻을 정하고 용기를 북돋우니 그 제목은 「동맹 회복가」였다. 노래는 이러했다.

망국한 지경에
계교를 어찌할까.
자유권을 잃었으니
노예가 되리로다.
고국을 돌아보니
눈물이 비 같도다.
혹 하늘이 어질지 못하여
우리[101]를 돕지 아니함인가.
반드시 사람이 나약하여
힘쓸 줄을 알지 못함이로다.
당당한 스위스가
개 돼지에 밟힌 바 되었도다.
내 들으니 대장부는
사람의 수욕을 받지 않나니[102]
슬프다! 우리 동포여!

---

101) 우리를: 원문은 '유리를'로 되어 있으나 오식이기에 바로 잡았다.
102) 사람의 수욕을 받지 않나니: 원문은 '사람의 슈욕을 밧지안ᄂᆞ니'. 국한문본에는 '不受人箝制'로 되어 있다. '슈욕=수욕'의 의미가 미상이나 '부끄럽고 욕됨'을 뜻하는 '羞辱'으로 봄이 적당하다. '受辱'으로 보면 뒤의 '받다'와 의미가 중복된다.

어찌 스스로 부끄럽지 아니하냐.

용맹을 발함에 큰일을 가히 도모할지니

강한 도적을 어찌 족히 두려워하리오.

하물며 게르만은 횡행 무도하니

황천후토가 어찌 용서하리오.

우리가 이제 의병을 일으킴이

진실로 의리에 합당하도다.

하늘을 받들고 인심을 순종하여

도적을 물리치고 고국을 회복하리로다.

명년(明年) 춘정월에 길일을 택하여

산해(山海) 같은 맹세를 한가지 지킬지어다.

만일 성공치 못하면 오직 죽을 뿐이로다.

몸을 죽여 어진 이름을 전함은

천고 영웅의 떳떳한 일이로다.

만 번 천 번 힘쓰는 우리 동포야.

장부가 일에 임하여 잠시나 지체하리오.

애국하는 마음으로 나아가

성공하고야 말지로다.

이 노래를 마치니 한 사람이 부르면 천만 명이 화답하였다. 사람마다 모두 용기가 우쩍 일어나서 칼을 휘두르고 창을 잡아[103] 영

---

103) 칼을 휘두르고 창을 잡아: 원문은 '칼을춤추며 쟝을잡어'. 국한문본은 '舞劍輪

접하는 자가 길에 끊이지 않았고, [텔의 군사가] 향하는 곳마다 인심이 바람을 좇듯이 호응하였다. 모르가르텐[104]에 이르러 게르만 군사와 만났다. 빌헬름 텔이 군병을 지휘하여 사방에 장사진(長蛇陣)을 베풀었다.[105] 손에 도끼 한 자루를 들고[106] 머리에 순은 투구를 쓰고 몸에 황금 갑옷을 입고 섰으니 위풍이 당당하여 일대 영웅이라 할 만했다. 텔이 진문에 나서 크게 소리쳤다.

"너희 무리는 개 같은 종자라 죽을 기약이 닥쳤으니 오히려 빨리 나와 항복하지 않고 무수한 생명을 다 죽이기를 기다리느냐."

알브레히트가 이 말을 듣고 크게 노하여 진문을 열고 나왔다. 손에는 자웅검[107]이요, 몸에는 일월갑[108]을 둘렀다. 그가 크게 꾸짖

槍'. 국한문본을 참조하여 '쟝'은 '창'으로 옮겼다.

104) 모르가르텐(아로가문, 馬路加汶, Morgarten): 모르가르텐 전투는 실러의 원작에는 등장하지 않지만 정철의 중국어본에서 주요한 전투 장면으로 삽입되었다. 1315년 모르가르텐에서 스위스 보병이 오스트리아 기병을 무너뜨린 전투가 스위스 독립의 기초가 되었다.

105) 사방에 장사진(長蛇陣)을 베풀었다: 원문은 '사방사단진을베풀고'. 국한문본에는 '蛇鬪陣'(사투진). 중국어본에는 '蛇團陳'(사단진)으로 되어 있다. 어느 쪽이든 『손자병법』에 나오는 장사진(長蛇陣)을 뜻하는 것으로 보여 장사진으로 번역하였다. 장사진은 뱀처럼 한 줄로 길게 벌였다가 기동력 있게 사방으로 적을 둘러싸는 군진(軍陣)이다.

106) 도끼 한 자루를 들고: 원문은 '한쌍도치를들고'. 국한문본은 '一柄大鐵斧를 持하며'. 국한문본을 참조하여 번역하였다.

107) 자웅검: 원문은 '조웅검'으로 되어 있으나 국한문본, 중국어본에는 雌雄寶劍(자웅보검)으로 나와 있어 고쳐 번역하였다. 자웅보검은 두 자루가 한 쌍을 이루는 칼을 일컫는다. 『삼국지연의』에서 유비가 썼다고 하며, 쌍고검(雙股劍), 자웅일대검(雌雄一對劍)으로도 불린다.

108) 일월갑: 해와 달 모양이 그려진 갑옷을 뜻하는 듯하다. 국한문본과 중국어본에는 '皮甲(가죽갑옷)'으로 되어 있다.

어 말하였다.

"너희 무리가 감히 상국(上國)을 업신여겨 대적하고자 하느냐. 너희 조상도 무릎을 굽혀 소와 말같이 우리를 섬겼거늘 하물며 우준한[109] 물건이 용맹도 없고 계책도 없이 [대들다가] 오직 칼끝에 원혼만 될 것이다. 만일 손을 묶어 항복하여 너희 조상의 뜻을 본받지 않으면 모두 다 멸망하여[110] 한 명의 군사도 [살아] 돌아가지 못할 것이니 그때 후회한들 무슨 유익함이 있겠느냐."

알브레히트는 자기 나라가 크고 군사가 많음을 믿을 뿐이요, 천시(天時)와 인심을 살피지 못하고 스스로 교만 방자하여 군사를 몰아 짓치었다.[111] 빌헬름 텔이 한번 보니 교만하고 또한 여러 군사가 기강이 없기에 마음속으로 크게 기뻐했다. 서로 마주 대적하여 수십여 합(合)에도 승부가 나뉘지 못하고 날이 또한 저물어 피차 군사를 거두었다. 이튿날 또 승부를 정할 때[112] 게르만 군사는 오직 살기를 탐하고 죽기를 두려워하니 어찌 애국당의 용맹 있고 생사를 돌보지 않는 군사를 당하겠는가. [게르만 군사는] 다만 도망갈 생각만 있을 뿐이었다. 알브레히트는 형세가 위태함을 보고 넋이 나가서 두서없이 허둥댔다.[113] 빌헬름 텔은 그가 적수가 되지 못함을

---

109) 우준한: 원문은 '우쥰한'. 우준(愚蠢)은 어리석고 민첩하지 못함을 뜻한다.
110) 멸망하여: 원문은 '함몰ᄒ여'. 함몰(陷沒)은 재난을 당하여 멸망함을 뜻한다.
111) 짓치었다: '짓치다'는 함부로 마구 치다를 뜻한다.
112) 승부를 정할 때: 원문은 'ᄌ웅을결단홀ᄉ'. 일결자웅(一決雌雄)이라는 한자성어에서 온 말로 한 번에 우열이나 승부를 결정한다는 의미이다. 이 뜻에 따라 의역하였다.
113) 두서없이 허둥댔다: 원문은 '두셔를 ᄎ리지 못ᄒ거늘'이다.

알고 군사에게 호령하여 죽기를 무릅쓰고 쫓아갔다. 햇빛은 침침하고 바람 소리 흉흉한데 흰 칼은 번개를 요동시키고 강한 화살은 구름을 헤치니 진실로 피차(彼此) 불문하고 생사를 판가름할 때였다. [텔의 군대가 게르만 군사를] 천둥 같이 진동하며 풍우 같이 몰아가니 저들이 비록 수천 명이나 사나운 호랑이 앞에서 달아나는 토끼와 마찬가지였다. 분분히 휘몰아 스위스와 게르만의 경계에 이르자 텔이 알브레히트를 불러 말했다.

"너는 나와 약속해라. 이후로는 감히 [스위스를] 침노할 뜻을 두지 말고 또한 우리나라에서 뺏어간 권리를 되돌려내라. [이 약속을 지키면] 다행이지만 만일 순종하지 않으면 네 목숨이 잠시도 붙어 있지 못할 것이다."[114]

알브레히트가 자기 군사가 패한 것을 보고 다만 머리를 굽혀 대답하였다.

"분부대로 하겠습니다."

텔이 드디어 약속을 일일이 정한 후에 승전 깃발을 높이 날리며 무리를 거느려 돌아오니 스위스 백성이 남녀노소 할 것 없이 일제히 영접하였다. [환영 인파로] 길이 막히고 산이 덮여 즐거운 소리가 천지에 가득하였다.

빌헬름 텔이 고국에 돌아와 도읍을 다시 세우고 상중하 세 등급의 의원을 설치하고 공화정치를 실시하였다. 의원이라는 것은 무

---

114) 네 목숨이 잠시도 붙어 있지 못할 것이다: 원문은 '너의목숨이 시각을 견듸지못ᄒ리라'. 문맥을 살려 의역하였다. 이 장면은 중국어본과 국한문본에서는 서술자의 요약적 설명으로 되어 있는데, 국문본에서 빌헬름 텔의 대사로 장면화시켰다.

엇이며 공화정치는 무엇인가. 무릇 지식 있는 사람을 골라 한데 모여 의논하는 곳을 의원이라 말하고, 정사를 행할 때 임금이 스스로 처단하지 않고 여러 의론이 합당한 연후에 그 일을 행하는 법을 공화정치라 한다. 또 사람을 쓸 때 길가에 통을 달고 여러 사람의 소원대로 쓸만한 사람의 이름을 적어서 [임금이] 특명하여 [투표된] 이름이 많은 자로 벼슬을 시켰다. 전국 백성이 다 기뻐하여 이마에 손을 얹고 경사(慶事)를 칭송하며 말하였다.

"우리가 나라를 회복하고 위로부터 아래까지 평등한 권리를 얻었으며 타인의 노예를 면하였으니 거처가 평안하고 생활이 즐겁구나. 국운이 새로우니 임금과 백성이 한가지로 화락하도다."

10.[115)]

국사가 정돈되자 여러 사람이 빌헬름 텔을 공천하여 총통으로 삼고자 했다. 그러나 빌헬름 텔이 이미 웅장한 뜻을 이루고 나니 마음이 충만하고 만족스러운 생각이 들어 결단코 벼슬의 영화를 사양했다. 여러 사람이 그를 사랑하여 권유하고 만류하였지만, 텔은 군이 벼슬에 나가지 않고 고향에 돌아와 산림에 자취를 의지하였다. 책을 읽으며 성현과 벗 삼고 밭을 갈며 처자와 함께 즐거움을 누리니 가히 평지신선[116)]이라 할 만했다.

---

115) 제10회. 위인을 제사하며 만민 큰 덕 노래하고, 동상을 건립하여 이름 천고 남기네.(祭偉人萬民歌大德 建遺像千古留芳名)

세월이 사람을 재촉하여 텔도 노년기에 이르렀다.[117] 반생의 분주함을 생각하니 국가를 위하여 수고를 마다하지 않고 나라를 회복하여 인민과 더불어 태평함을 누렸기에 백성으로서의 직분을 만분의 일이라도 갚았다[고 할 만했다.] [그러나] 영웅의 기운이 오히려 쇠하지 아니한 까닭에 사방을 차지하고 세계를 삼킬 뜻이 간절하니 이는 고금 영웅의 떳떳한 일이다.

각설. 빌헬름 텔이 마음속에 가득한 회포를 풀지 못하여 죽장망혜[118]로 허튼 걸음[119]을 지어 풍경을 구경하며 심사를 위로하였다. 아침부터 황혼에 이르기까지 알프스산[120]에 올라 눈을 들어 사방을 살펴보니 위로는 대서양이요, 아래로는 지중해였다. 해 저문 기운은 삼삼하고 늦은 바람은 소슬한데 흰 구름은 잇따라 산으로 돌아들고 지는 해는 몽롱하여 물에 잠겼다. 텔이 허다한 경치를 구경하며 강개한 심회를 더욱 금치 못하였다. 그가 산에서 내려가며 탄식하였다.

---

116) 평지신선(平地神仙): 깊은 산속이 아닌 평지(속세)에서 신선처럼 살아가는 사람을 일컫는다.

117) 세월이 사람을 재촉하여 노년기에 이르렀다: 원문은 '세월이 사람을 직촉ᄒ여 <u>늙음이 쟝ᄎ이를</u> 반생의 분주홈을 싱각ᄒ니 국가를위ᄒ여 수고를 ᄉ양지안코…'. 밑줄 진 부분은 원래 '늙음이 장차 이르렀다. 반생의 분주함을 생각하니'로 문장이 분절되어야 하는데 단어가 누락된 것으로 보인다. 국한문본 '歲月이 催人하여 老期가 將至라 憶半生之奔走하니 爲國勞心이요.'에 따라 수정하여 번역하였다.

118) 죽장망혜(竹杖芒鞋): 대나무 지팡이와 짚신으로 먼 길을 떠날 때의 가벼운 차림새를 말한다.

119) 허튼 걸음: 별로 필요하지 않은 일에 공연히 오고 가고 하는 짓을 뜻한다. 빌헬름 텔이 특별한 용건이 없이 산보를 즐겼다는 뜻이다.

120) 알프스산(아률ᄉ산, 亞律士山, Alpes)

"내가 천고 영웅의 사적을 돌이켜 살펴볼 때, [영웅이] 처음에는 항상 곤궁하여 뜻을 풀지 못하고 타인의 모욕을 받는 지경에 이르면 마치 내가 모욕당한 듯하여 피가 끓고 분격하였다. 또 그 뒤에 영웅이 혹 기회를 얻어 운수가 통달하고 사업에 성공할 때는 내가 또한 그 사람으로 인해 헤아릴 수 없을 만큼 기뻐했다. 생각건대 이 몸이 과거에 일을 이루지 못하고 위태함을 면하지 못할 때 사람의 비웃음만 얻을까 염려하다가 오늘날 황천이 굽어살피사 고국을 회복하고 일생의 장한 뜻을 이루었으니 족히 스스로 위로할 만하구나."

지난 일을 생각하고 탄식할 때 홀연 검은 구름이 일어나며 비바람이 크게 일어났다. 빌헬름 텔이 이 모습을 보고 곧장 빨리 집으로 돌아갔지만, 홀연 노환이 침노하여 병상에 눕고 일어나지 못하였다. 슬프구나! 대장부가 세상에 거하며 직분을 다하고 사업을 이루었으니 가히 기쁘다 할 것이다. [그러나] 병세가 이같이 침중하니 진실로 사람의 생사는 하늘이 명하시는 바라서 의원과 약이 어찌 능히 구원하리오. 엄엄한[21] 기운이 서산에 걸린 해와 마찬가지였다. 텔이 잠깐 [알아듣기 어려운] 모호한 말로 그 처자를 향하여 말하였다.

"수많은 천신(天神)이 구름을 타고 침상 앞에 이르러 말하는구나. 그대가 나라를 회복하고 백성을 구원하여 장부의 책임을 다하였으니 반드시 여한이 없을 것이다. 모름지기 인간 세상을 하직하

---

121) 엄엄한: 엄엄(奄奄)하다는 숨이 곧 끊어지려 하거나 매우 약한 상태에 있음을 뜻하는 형용사다.

고 천상에 올라가 쾌락한 세계에 거하라고 하신다."

텔이 말을 채 마치지 못하여 눈이 아득하고 기운이 다하였다. 처자의 애통함은 말할 것 없고 전국 백성이 남녀노소 모두 황망하고 분주하여 부모 초상을 당한 듯하였다. 상중하 세 등급의 의원과 애국당의 여러 장사가 다 소복을 입고 나와 통곡하며 조상하였다. 이어서 장례를 지내는데, 곳곳에 제물이요, 사방에서 장례식 행렬을 따르는[122] 사람이 진실로 스위스 개벽 이래로 처음 보는 바였다. 아름답다! 빌헬름 텔이여! 살아서는 국가를 회복하고 백성을 구원하여 사람마다 사랑하고 집집마다 칭송하며 죽어서는 꽃다운 이름이 천하의 이목을 진동시키니 비록 천자의 부귀와 왕후의 공명이라도 가히 더불어 비교할 수 없을 것이다. 아르놀트가 여러 영웅과 전국 인민을 거느리고 텔의 무덤 앞에 나아가 제사를 올렸다. 제문한 편을 지은 후 여러 사람과 함께 소리를 맞춰 읽으니 그 제문은 이와 같았다.

시운이 불행하고 국가가 위태함이여.

사직이 기울어지고 백성이 도탄에 들었도다.

뉘 능히 고국을 회복하고 원수를 물리칠꼬.

약한 고기를 강한 놈이 먹음이여.

궁하면 반드시 통함이 있도다.

---

122) 장례식 행렬을 따르는: 원문은 '호장ᄒᆞᄂᆞᆫ'. '호장(護葬)하다'는 장례식 행렬을 호위한다는 뜻이다.

난리가 나야 충신을 앎이여.

하늘이 영웅을 내었도다.

오직 생사를 불고(不顧)하고 강한 도적을 물리쳤도다.

갸륵한 사람의 뜻 세움을 생각하니

결단코 몸을 죽여 의리를 이뤘도다.

장한 뜻을 이미 갚았음이여.

국가를 회복하고 백성을 구원하였도다.

옛말에 일렀으되 어진 자는 반드시 장수한다더니

그대는 어찌하여 돌연이 인간을 하직하였느뇨.

우리(Uri)를 향하여 머리를 돌이키니

산은 빼어나고 물은 맑도다.

이 사람의 자취가 망연함이여.

구슬 같은 눈물이 옷깃을 적시도다.

하늘 기둥이 꺾어짐이여.

풍우가 소슬하도다.

한 사람의 경사가 있음이여.

억조(億兆) 백성이 힘입었도다.

영웅의 일생 경영이여.

이때 비로소 이루었도다.

공의 한번 죽음이 다시 여한이 없음이여.

만년에 썩지 않을 터를 지었도다.

대업에 성공하고 돌아감이여.

천고에 꽃다운 이름을 머물렀도다.

공의 직분을 이미 다하였으니 공이 무엇이 슬프리오.

양양한 기폭(旗幅)은 독립의 빛을 날리고

쟁쟁한 쇠 북은 자유[123]의 소리를 울리는도다.

스위스 백성들이 비로소 잠을 깨 열심이여.

공의 도우심을 바라노라.

오호 슬프다.

상향(尙饗).[124]

읽기를 마치자 다 함께 빌헬름 텔의 평생 사업과 뜨거운 충심을 무수히 칭찬하다가 드디어 손을 나눠 작별하였다.

각설. 스위스 조정 사람들은 빌헬름 텔이 천신만고 끝에 나라를 회복한 정성을 본받아 힘을 다하고 마음을 극진히 하여 정사가 크게 다스려졌다. 곳곳에 학교를 열고 신문사를 설치하니 백성의 지혜가 날마다 열려 애국하는 생각이 저절로 나타났다. 무슨 일을 결정할 때는 상중하 의원에 들어가 공정함을 좇아 일을 판단하고 합당함을 살펴 털끝만큼도 부정한 일이 없었다. 백성이 점점 강성하고 풍속이 아름다워 날로 진보할 뿐 아니라 또한 각국을 엿볼 형세가 있으니 여러 나라가 다 두려워하고 공경하여 서로 왕래하며 맹세와 조약을 맺었다. 지금 각국의 적십자회와 만국공회와 만국에 교통하는 우체(郵遞)까지도 다 스위스가 주장이 되었다. 또한

---

123) 자유: 원문에는 '자우'로 되어 있으나 오식이기에 바로 잡아 번역하였다.

124) 상향(尙饗): '적지만 흠향하옵소서'의 뜻으로 축문(祝文)의 맨 끝에 쓰는 말이다.

산천 풍경이 매우 뛰어나서 봉래산(蓬萊山) 선경(仙境) 같은 까닭에 각국의 구경하는 사람들이 명승지를 의논하면 반드시 스위스를 일 컬으니 진실로 명성이 동서양에 가득했다. 또한 백성이 집마다 풍 성하고 사람마다 풍족하여 쾌락의 기상이 있으니, 사람마다 한번 보면 그 문명정치와 풍속 인심을 칭찬하지 않는 이가 없었다.

묻노라. 여러분이여. 스위스의 이 일이 어떠한가. 알지 못하겠 구나. 우리 대한 사람은 어느 날에 이같이 장쾌한 지경에 이르리오. 생각건대 스위스의 토지와 인민이 우리 대한의 절반이지만 오히려 강한 나라를 섬기지 않을 뿐 아니라 또한 능히 우뚝 독립하여 강국 을 두렵게 하니 어찌 부럽지 아니하랴. 슬프다! 우리 백성이여. 안 으로 정치의 압제함이 심하고 밖으로 외국의 핍박이 위급하니 이 지경을 당하여 어찌 절통한 생각과 분한 마음이 없으리오. 원하건 대 사람마다 분발하여 빌헬름 텔의 사업을 본받아 애국심을 길러내 고 기회를 틈타서 태평을 도모할지어다.

해설

정치소설 서사건국지:
빌헬름 텔의 스위스 건국 이야기*

윤영실

1. 빌헬름 텔 서사의 동아시아 번역 연쇄

『정치소설 서사건국지』(瑞士建國誌)는 박은식의 역술로 1907년 8월 대한매일신보사에서 간행되었다. 첫 장에 "광동(廣東) 정철관공 (鄭哲貫公) 저(著), 한성(漢城) 박은식(朴殷植) 역술(譯述)"이라고 밝혔다. 원작은 실러의 희곡『빌헬름 텔』인데, 청말 지식인 정철이 일본의 여러 번역본을 참조하고 나름대로 재창작한『서사건국지』를 박은식이 국한문체로 풀어쓴 것이다. 한편 김병현은 같은 해에 정철의 『서사건국지』를 국문체로 더 간략하게 풀어서『셔스건국지』를 출간하기도 했다. 빌헬름 텔 서사의 동아시아 번역 연쇄를 표로 정리해보

---

* 본 해설은 윤영실, 「동아시아 정치소설의 한 양상: 『서사건국지』 번역을 중심으로」, 『상허학보』 31, 2011의 내용을 요약하고 일부 새로운 내용을 첨가하여 작성하였다.

면 다음과 같다.[1]

연번	국가	연도	저자 · 번역자	제목	구성
1	독일	1804	Friedrich Schiller	Wilhelm Tell	Tübingen: J.G.Cotta'sche Buchhandlung 5막 희곡, 각 4·2·3·3·3장
2	일본	1880.12	齋藤鐵太郎	瑞正獨立自由之弓弦	검열 납본. 소책자 20권으로 기획되었으나 1막 1장에 해당하는 1권만 출간
3	일본	1882.10	山田郁治	哲爾自由譚前編: 一名自由之魁	泰山堂 2막 2장에 해당하는 전편까지 출간
4	일본	1883	桑野鋭	建國遺訓	常總青年
5	일본	1887.4	盧田東雄	字血句淚 回天之弦聲	一光堂 上下 2권, 총 12회로 분절. 원작의 2막 1장까지
6	일본	1887.12	谷口政德	血淚萬行 國民之元氣	金泉堂 상하 두편, 스위스 봉기의 승리로 종결. 재자가인담으로 변형
7	일본	1890.1~ 1891.6	霞城山人 (中川霞城)	維廉得自由之一箭	『少年文武』에 2막 1장까지 단속적으로 연재
8	일본	1893. 1.14	湯谷紫苑	ウヰルヘルム テル	『女學雜誌』336호 甲 〈1막 1장 태풍〉부터 〈3막 3장 어두운 밤〉까지 번역

1) 아래 표는 다음의 선행연구들을 참조하고 필자의 조사를 첨가하여 작성하였다. 柳田泉, 『明治初期飜譯文學の硏究』, 東京:春秋社, 1961; 川戶道昭, 榊原貴敎 編著, 『図說 翻譯文學總合事典』, 東京:大空社, 2009; 서여명, 「한,중『서사건국지』에 대한 비교 고찰」, 『민족문학사연구』 35, 민족문학사학회, 2007; 윤영실, 「동아시아 정치소설의 한 양상:『서사건국지』번역을 중심으로」, 『상허학보』 31, 2011; 왕장강·오순방, 「Wilhelm Tell 的中譯本『瑞士建國志』及其兩种韓譯本硏究」, 『中國語文論譯叢刊』 44, 2019.

9	일본	1899.1	有終會	志留礼留 維廉得利註釋	南江堂 독일어 원전에 일본어 주석
10	일본	1900.5	池田不知火	ウヰルヘルムテル	『少年世界』6(6), 名著普及會
11	일본	1901.1~3	中內蝶二	ウイルヘルム テル	『新文藝』연재
12	중국	1902	鄭哲(貫公)	瑞士建國誌	中國華洋書局 10회 회장체
13	일본	1902.10~1904.2	掬香	史劇ウヰルヘルム、テル	『日本濟美會雜誌』19~34, 日本濟美會
14	일본	1903.11.10	巖谷小波	脚本 瑞西義民伝: ウイルヘルム テルの一節	『文藝俱樂部』9권 15호, 5막 희곡 형식으로 번역
15	일본	1903.12	新保一村	ウィルヘルム、テルの槪略	『少年界』2권 13호
16	일본	1903.12	德田秋江 編	シルレル物語	通俗世界文學 第9編, 富山房
17	일본	1905	佐藤芝峰	うゐるへるむ てる	秀文書院
18	한국	1907	박은식	瑞士建國誌(국한문)	대한매일신보사 10회 회장체
19	한국	1907	김병현	셔ᄉ건국지(국문)	로익형책사

2. 빌헬름 텔 이야기와 '네이션'의 상상: 독일, 일본, 중국

위의 표에서 알 수 있듯 빌헬름 텔 서사가 활발히 창작·번역되었던 때는 각 지역에서 봉건적 지배 질서가 해체되고 근대적 자유와 권리, 네이션의 사상이 막 싹트던 시기였다. 빌헬름 텔 서사는 전설과 역사, 사실과 허구가 뒤섞인 흥미로운 이야기 형식을 빌려 각 시기, 각 지역의 민중에게 근대적 정치사상을 일깨우는 유용한 도구로 활용되었다. 빌헬름 텔 서사의 정치성은 중국과 한국에서 『서사건국지』가 '정치소설'이라는 표제를 내걸고 출간된 데서도 확연히 드러난다.

물론 빌헬름 텔 서사를 통해 담아내고자 한 '네이션'과 '정치'의 내용은 시대와 장소에 따라 달랐다. 빌헬름 텔 이야기는 13세기 말~14세기 초에 우리, 슈비츠, 운터발덴이라는 세 지역이 오스트리아 합스부르크 제국에 맞서 구스위스 연방의 기초를 닦았던 역사를 배경으로 삼고 있다. 그 당시 활약했던 우리 출신의 명궁수 빌헬름 텔에 관한 이야기는 오랫동안 전설처럼 전해지다가 18세기 요하네스 뮐러(Johannes von Müller)의 『스위스 동맹국의 역사』(*History of the Swiss Confederation*)와 추디(Aegidius Tschudi)의 『스위스연대기』(*Chronicon Helveticum; Swiss Chronicle*) 등에 수록되었다.

　19세기 초 실러(1759~1805)는 뮐러와 추디의 문헌들을 참조하고 자신의 상상력을 덧붙여 희곡 『빌헬름 텔』을 창작했다. 프랑스 혁명 이후의 시대정신을 바탕으로 실러는 『빌헬름 텔』에서 스위스인의 봉기를 '자유'로운 자들의 '평등'한 연대체로서의 '네이션'의 탄생 서사로 그려내고 있다. 이때 네이션은 "한 부족이며 한 핏줄", "같은 고향에서 나온 사람들"[2]이라는 혈통적 종족의 의미도 띠지만, 스위스인의 봉기를 지지한 합스부르크가 귀족 여성 베르타를 스위스의 일원으로 받아들이는 데서 볼 수 있듯 자유의 이상을 공유한 이종족에게도 개방되어 있었다.[3] 실러가 19세기 초에 막 싹트

---

2) Friedrich Schiller, 이원양 역, 『간계와 사랑·빌헬름 텔』, 서울대학교 출판부, 1998, 204쪽.

3) 베르타 "주민 여러분! 맹약의 동지들이여! 나를 여러분의 동맹에 가입시켜 주시오, 이 자유의 나라에서 보호를 받는 첫 번째의 행운을 차지한 여인이오… 여러분은 나를 시민으로 보호해주겠습니까?" 주민들 "우리는 재산과 피를 바쳐서 그렇게 하렵니다." Friedrich Schiller, 위의 책, 293~294쪽.

고 있던 게르만 네이션을 향해 품었던 이상도 마찬가지였다. 게르만 '문화민족'의 초국가적 이상(보편적 자유의 확장)을 통해 국가주의를 넘어서고, '국가민족'의 수평적, 자발적 연대 개념을 통해 '문화민족'이 빠질 수 있는 종족적 배타성과 획일성을 극복하는 것이다.

실러의 이상과는 달리 19세기 말 독일의 민족주의는 오히려 배타적 문화주의와 강력한 국가주의가 결합되어 메이지 일본의 국가 개혁 모델로 채택되었다. 그러나 다른 한편 '네이션' 관념에 내장된 '자유'의 불꽃은 메이지 10~20년대에 자유민권운동으로 거세게 타올랐다. 이처럼 '네이션'의 두 경향성이 위로부터의 국가주의와 아래로부터의 자유민권운동으로 맞부딪치던 시기, 실러의 『빌헬름 텔』은 일본에 번역(안)된 '정치소설' 중에서도 단연 인기 있는 레퍼토리였다. 지금까지 확인된 바로는 1880년부터 1902년 정철의 중국어판 『서사건국지』가 출간되기 전까지 일본에서 번역된 빌헬름 텔 서사만 총 9종(2~8, 10, 11)이 있고, 1899년에는 『빌헬름 텔』의 독일어 원문에 일본어 주석을 단 판본(9)도 출간된 바 있다. 그러나 대부분 미완으로 그치거나 동아시아 서사 전통의 재자가인담으로 변형되었으며 원작의 완역은 1905년(17)에야 이뤄졌다. 메이지 일본에서 빌헬름 텔 서사의 인기에 비해 완역이 늦어진 데는 검열의 영향이 컸을 것으로 짐작된다. 그만큼 빌헬름 텔 서사가 지닌 정치적 급진성이 컸다는 반증일 것이다.

메이지 일본에서 빌헬름 텔 서사가 지닌 정치적 급진성을 잘 보여주는 사례로 야마다 이쿠지(山田郁治)의 『철이자유담』(哲爾自由譚)(표의 3)을 들 수 있다. 야마다 이쿠지는 동경외국어대학교 및

동경대학 의학부에서 독일어를 공부한 재원으로 실러의 독일어 원작을 저본으로 삼아『철이자유담』을 번역했다. 원작의 희곡 형식을 소설체로 바꾸는 과정에서 부분적인 변화가 있으나, 대체로 대사의 구체적인 부분까지 원작에 충실하게 옮기고 있다. 그러나 번역자가 의도적으로 원작을 변형한 부분들에서 그가 빌헬름 텔 서사를 메이지 자유민권운동의 정치적 무기로 활용하고자 했음을 엿볼 수 있다. 원작에서 스위스 3군의 주민들이 맹약을 맺는 2막 2장의 장면은『철이자유담』에서 마치 루소의『사회계약론』이 가정하듯 자유롭고 평등한 시민들이 자발적인 결사로서 네이션을 구성하는 장면처럼 번역되고 있다. 또한 정당운동과 국회개설운동이 한창이던 시대적 맥락 위에서 스위스 군민들의 동맹은 '평의'(評議, 의회)를 만든다든가 '당'(黨, 정당)을 결성한다는 식으로 적극적으로 번역된다. 무엇보다 원작에서 이민족 통치자와 스위스 군민 사이의 대립을 한 국가 내의 봉건적 지도자(國守)와 백성들 사이의 대립으로 바꿔놓고, '제(帝)'의 함의가 일국 내의 황제로 조정됨으로써 자유와 권리를 지키려는 군민의 항거가 천황제에 대한 도전으로까지 읽힐 수 있게 되었다.『철이자유담』이 전후 2편으로 기획되었으나 전편의 출간 이후 지속되지 못한 것은 이런 사상적 급진성 때문이었을 것이다.

청일전쟁 전후 자유민권운동이 쇠퇴하고 천황제 중심의 국체가 확립되는 과정에서 일본의 빌헬름 텔 서사는 정치적 급진성을 잃고 '예술'이거나 '오락'의 일종으로 수용되었다. 그러나 20세기 초반 빌헬름 텔 서사는 일본을 거쳐 중국과 조선에 번역되어 또 다른 방식으로 '네이션'의 상상을 작동시켰다. 그중에서도 정철의『서사 건국지』(표의 12)는 한국에서 박은식과 김병현의 번역에 직접적인 저본이 되었다. 정철(1880~1906)은 청말 혁명파의 유명한 저널리 스트였으며, 관공(貫公)은 그가 사용한 호 중 하나다.

　정철이 1902년에 출간한『서사건국지』는 그가 일본 유학 시절 접한 실러의『빌헬름 텔』을 '전접'(轉接)과 '증삭유략'(增刪遺略)[4]을 통해 재창작한 것으로 볼 수 있다. 전체를 10장의 회장체(回章體)로 구분하고 각 회에는 해당 내용을 압축한 8언 2구의 제목을 붙여놓 았다. 또 각 회 초두에는 다양한 곡조의 사(詞)를, 말미에는 그 장의 교훈을 압축한 7언 2구의 교훈을 배치했다. 서사 중간중간에 의병 을 일으키는 격문(檄文), 편지, 포고령, 제문(祭文),「애국가」,「동 맹회복가」등의 한시 같은 다양한 한문 문장들을 끼워넣고 있다. 원작의 다양한 인물과 줄거리를 빌헬름 텔(維霖惕露)과 아르놀트(亞 魯拿), 텔의 아들인 발터(華祿他) 중심으로 단순화하고, 영웅 군담 풍으로 개작해 놓은 것이 특징이다.

　무엇보다 정철의『서사건국지』에는 그의 반청공화사상이 강하 게 투영되어 있다. 스위스(瑞士)의 정세는 이족인 게르만의 지배 아래 국가가 망한 상황으로, 게슬러(倪士勒) 등의 학정은 망국민이 받아야 하는 압제가 얼마나 혹독한가를 보여주는 사례로 기록된 다. 반면 빌헬름 텔 등의 주요 인물은 조국을 게르만의 독수(毒手)

---

[4] '전접'(轉接)과 '증삭유략'(增刪遺略)은 기존의 이야기를 이어받아서 내용을 더하 거나 빼고 남기거나 생략해서 자유롭게 번안했음을 뜻한다. 鄭哲,「例言」,『瑞士建 國誌』, 中國華洋書局, 1902, 7쪽.

에서 구해낼 민족적 영웅으로 형상화된다. 고국 회복 후의 "국시"(國是)는 애초부터 공화정치에 맞춰져 있지만, 자유나 평등보다는 이민족 지배에서 벗어나기 위한 '애국적 사상'이 더욱 강조된다.

3. 박은식, 『서사건국지』(瑞士建國誌)

구한말의 개신유학자이자 독립운동가였던 박은식(1859~1925)은 1907년 정철의 중국어본을 국한문체로 풀어 『서사건국지』(瑞士建國誌)(1907)를 출간했다. '정치소설'이라는 표제를 달고 출간된 『서사건국지』는 근대계몽기 소설개조론과 소설의 정치성을 잘 보여준다. 특히 박은식의 「서」는 『대한매일신보』에도 「서사건국지역술서(瑞士建國誌譯述序)」(1907.2.8)라는 제목으로 게재되었으며, 대한제국기 정치소설론을 대표한다. 이러한 소설론에 따라 박은식은 1911년 『천개소문전』, 『명림답부전』, 『몽배금태조』 등을 창작했다.

박은식의 『서사건국지』는 전반적으로 보면 정철의 판본을 내용의 첨삭 없이 거의 그대로 국한문으로 옮겼다. 특히 사(詞)나 한시, 격서, 제문 등은 번역 없이 그대로 한문으로 싣고 있다. '번역'을 매개하지 않고도 소통 가능한 동아시아 공통의 한문맥(漢文脈)이 있었기 때문이다. 그러나 조금 더 촘촘하게 들여다보면 한문맥이라는 기반에서도 한국과 중국 사이에 어긋나는 지점들을 적지 않게 발견할 수 있다. 박은식은 중국 백화 소설의 상투구인 독자를 향한 편집자적 논평들("독자들은 보시오...운운")을 모두 생략하고, 같은 한자도 중국보다 한국에서 즐겨 사용하는 이체자로 바꿔놓았다.

중국 백화체 표현이나 문장을 해석되지 않는 잉여로 남겨놓거나 오역하거나 번역자 임의로 변경하는 등의 미세한 차이들은 거의 모든 페이지에서 발견된다. 정철이 구사한 20세기 초 백화체 중국어와 박은식의 대한제국기 국한문 사이에서 '번역'이 작동했던 양상을 살피는 것은 동아시아 한문맥의 교집합과 어긋남을 함께 살펴볼 수 있는 유용한 창이 될 수 있다.

　정철의 『서사건국지』가 담고 있는 이민족 통치에 대한 저항 의식과 애국심의 강조는 통감부 치하에서 일본의 식민지로 전락해가던 한국에도 유효했다. 내용상 차이가 가장 두드러지는 것은 중국 역본의 마지막 장 말미 11줄가량이 박은식 역본에서 통째로 생략되었다는 점이다. 이 부분에서 정철은 중국의 상황을 스위스와 비교하며 중국인들의 각성을 촉구한다. 스위스는 나라도 작고 인구도 적으며 대국들에 둘러싸여 있으나 대국을 섬기지 않고 능히 '흥기'(興起)하여 자립을 이뤄냈는데, 중국은 큰 땅과 많은 인구를 갖고도 안팎으로 압박과 모욕을 받고 있으니 저마다 분기하여 중국을 중건(重建)하자는 것이다. 박은식이 생략(침묵)한 이 부분에는 노대국 중국과 약소국 조선의 간극이 새겨져 있다. 그 간극은 박은식의 「서」에서 중국어본 조필진(趙必振)의 「서」(序)와 정철의 「자서」(自序)를 발췌하여 조선의 상황에 맞게 고쳐놓은 부분을 통해서도 알 수 있다. 선행연구에서도 지적된 바 있듯, 중국의 필자들이 "열강과 더불어 각축"("與列强相角逐")하는 조국의 미래를 그리고 있다면, 망국의 위기에 처한 조선에서는 "열강지간(列强之間)에 표치(標置)하여 독립자주를 견고히"하려는 좀 더 소박한 바람이 앞섰다.

열강들의 각축장이 되었던 조선에서는 일찍부터 스위스 같은
영세중립국이 됨으로써 활로를 모색하려는 시도가 있었다. 비록
일본의 방해와 서구 열강들의 무시로 좌절되기는 했지만, 중립화
론은 조선이 열강들의 각축 속에서 생존하기 위한 자구책으로서
1880년대 김윤식, 유길준, 김옥균부터 1904년 러일전쟁기 고종에
이르기까지 지속적으로 제기되었다. 1907년『서사건국지』가 역간
된 때는 조선의 이런 자구책들이 실패로 귀결되고 고종이 헤이그
밀사 사건으로 강제 폐위되었던 엄혹한 시기였다. 그렇기에 영토
도 인구도 크지 않은 스위스가 유럽 열강들 사이에서 독립을 쟁취
하고 중립국으로서 영구한 평화를 이룬 사례는 제국주의 열강들에
둘러싸여 국권이 위태롭던 대한제국말의 한국인들에게 큰 공감을
불러일으켰다.

4. 김병현, 『셔스건국지』

식민지 상황이 텍스트에 새겨놓은 흔적은 국문본『셔스건국지』
에 오면 좀 더 뚜렷해진다. 『셔스건국지』는 국한문본 출간 수개월
후 김병현의 번역으로 로익형책사(박문서관)에서 발행되었다. 정철
중국본의 체제를 그대로 답습한 국한문본이 총 10회의 회장체 소설
로 구성된 것에 비해, 국문본은 회 구분을 없애고 한문투의 장황한
수사, 한시나 격문 등을 상당 부분 생략하거나 축약하고 있다.
주목할 것은 국문본이 나름의 첨삭을 통해 조선의 상황에 대한
고유한 정견(政見)을 드러내고 있다는 점이다. 가장 두드러지는 차

이는 공화 사상의 삭제다. 정철의 『서사건국지』는 공화주의를 표나게 내세우고 있으며, 이는 내용상 거의 첨삭이 이뤄지지 않은 박은식의 국한문본에도 그대로 이어진다. 그러나 김병현은 번역 과정에서 공화주의 이념을 표방하는 부분을 의도적으로 빼놓고 있다. 예컨대 국한문본에서 어느 때에 "공화정치를 창립하여 스위스 같은 부강한 나라를 다시 만들까"라고 되어 있는 부분이 국문본에서는 단지 "나라를 정돈하고 부강한 나라 평안한 백성이 되어 볼까"로 바뀌었다.

또 서사의 대미 부분에서 국한문본은 스위스에 공화정이 시행되는 장면을 약술하고 있다. 국문본은 이 부분을 남겨두되 첨언을 통해 '공화'의 의미를 바꿔놓는다. 국한문본에서 "군주전제를 필요로 하지 않고 민간으로 말미암아 의원을 연"다는 부분을 국문본은 임금이 정사를 마음대로 행하지 않고 여러 사람의 의논을 따라한다는 것으로 해석한다. 또 국한문본의 '총통(대통령)' 선거를 왕이 백성들의 추천에 의해 관리(벼슬아치)를 선출한다는 식으로 바꿔놓음으로써 '공화'의 용법이 입헌군주제를 가리키는 말로 전화된다. 중국에서는 청이라는 이민족 지배체제에 대한 거부로부터 급진적 공화주의(황제 폐지)가 싹텄지만, 1907년 조선에서는 여전히 일본의 메이지유신을 모델로 한 입헌군주제 지향이 대세를 이루고 있었다는 점에서 이런 개작의 이유를 찾을 수 있을 것이다.

두 번째로 주목할 부분은 김병현이 『셔ᄉ건국지』에 붙인 「셔문」이다. 정철이 국토와 인구 면에서 중국과 스위스의 차이를 부각시킴으로써 역으로 중국의 분발을 촉구하고 있다면, 김병현은 조선과 스위스의 유사성을 바탕으로 조선에 희망을 제시하고자 한다. 그에 따르면, 스위스는 "나라가 적다"고 한탄하는 조선인들에게 특히 귀감이 될 만하다. 빌헬름 텔은 알렉산더나 나폴레옹처럼 "천하를 뒤집"거나 "세상을 휘덮던" 영웅은 아니지만, 하늘을 감동시킨 '지성'으로 인해 그들보다 더 위대한 영웅으로 추앙된다. 「서문」에서 거듭 강조되는 '지성'은 문자 그대로 지극한 정성이나 노력을 뜻하기도 하지만, 문맥상 '정의'의 의미를 포함한다. '약한 자를 압제'하고 '빈한 자'를 '능모'하며 '남의 땅'을 빼앗는 자들은 그 위용이 아무리 거세도 결국 알렉산더나 나폴레옹처럼 일시의 부귀공명에 그칠 것이다. '호랑이 이리 같은 욕심과 도적 같은 행실'은 '하나님'이 허락하지 않는 바이기 때문이다. 실러의 빌헬름 텔이라는 인물형에 깊이 스며있는 '신'(神)에 대한 믿음은 '경쟁탐욕'의 인심(人心)을 제어하고 '억강부약(抑强扶弱)'하는 '천리(天理)'에 대한 동아시아의 전통적 사유와 희미하게 공명하면서, '약육강식'을 내세운 사회진화론적 세계관에 저항하고 있었다.

영인자료

셔스젼국지

여기서부터는 영인본을 인쇄한 부분으로 맨 뒷 페이지부터 보십시오.

啟智書會新書廣告

（男女育兒新法）　全一册　約三萬言　正價銀一毫五仙

是書爲日本醫學士中井君所著君以聰敏之姿更加以十年精心徵
察一字一句皆從實驗得來今特譯出以餉我國人凡有育兒之責者
不可不亟求一本珍藏于家内不獨家庭生殖因此繁昌即世界上人
種亦靡不因之而進步實人生不可缺之書也

（男女婚姻衛生學）　每套價銀七毫

又名少年男女須知乃日本女醫士松本安子著今經本書會譯出少
年大半事業皆在於此讀之當知如何養身如何結婚如何生子養育
全一册約七萬言洋裝活字内繪精圖卅餘幅誠戒淫保種之良書也

（再版時務新書人民論）

此書從日本政治學叢書内輯譯而成蓋人民爲邦國之本而人民身
上有如何責任如何權利及一切關係大局學者不可不知是書分門
別類詳紀無遺誠人生當必讀之書抑亦談時務者之知所本源也初
次出版一時購罄茲由著者再版託本書會代理定價二毫

83

82

好處廬我們有此地大物博的國同胞衆多自壓于內人侮于外割我
土地賠我財欵我們國民凄涼苦楚此當時瑞士未恢復以前豈不是
有過之無不及麽怎解總撫一人知道奮起以重建我們中國試學瑞
士的維霖愓露呢但願閱此書的諸君勿徒然看過就好了

瑞士建國誌（終）

第十回

八七

第十回　　突

風景也弄得非常鮮艷。如仙境蓬萊爲歐洲第一幽雅的地方。雖邵細

亞洲的東方日本國那些山川風景也有名勝的稱號然亦不及瑞士。

現下各國的人想遊賞地方。一開口便不離瑞士國三字可見他的聲

名。已遍走通世界了那的國民家給人足各執各業同居樂土令人一

經遊歷見了那些文明政治風俗人心皆贊羨不已。看官你道做到今

日瑞士的人好不好呢。但不知我們中國的人何日做到此好處。我道

我們中國與瑞士都是一樣。何解他土地未。有我國如此多人口未。有。

我國如此衆且四面都是大國自己的國如彈丸之小真有如昔日藤

文公所說道藤小國也間於齊楚事齊乎事楚乎的苦。你想小國就要

巴結大國如奴僕待主人一樣今瑞士不獨不事大國且能勃然興起。

屹然自立使那大國的人都惡怕他好不利害麼但我想起瑞士便心

痛起來了瑞士全國土地人民不及我國一二省尚且有今日的振作。

政之後。多開學堂。多設報館民智爲之大開。無論窮鄉僻壤劇邑通都。

人人皆有政治的思想。每逢開議院定奪事宜的時候。無論上中下的

議院議員皆知道秉公辦事大小平權每發議論商酌事情也曉得就。

人情之所好審公理之合宜從容爲決井井有條絲毫不亂那些鄰國。

見他們。一旦獨立起來且能善始善終開拓民慧平等民權政良俗美。

蒸蒸日進居然有可以雄視萬邦的氣勢便畏敬起來不敢如從前的。

看待罵他是三等野蠻侮他是老大病國的說話一時冰消瓦解無復

有聞看官你道做人世要強不要弱呢看看這瑞士便當發憤了不特如

此且歐洲各國及地球萬國皆讚美他是文明的國互相來與他結會。

立約如赤十字會萬國公會及萬國交通書信的郵政皆是讓瑞士國

做盟主那的國民無論到何處何國都有使館保護沒有人敢亂來欺。

侮那瑞士國內。日日整頓。眞有夜不閉戶路不拾遺的好處甚至山川

第十回

亖

79

第十回

話之間不覺日夕遂握手而散這且不表鄰說瑞士國的執政人員自

維霖惕露去世後皆體他千辛萬苦恢復此國的苦心那些國中政令。

留心整理精益求精日見有進步了迨後瑞士國中人民在維霖惕露

前日避難殺賊的洞穴處建立一銅像鏤刻讚詞以紀念其功業每年

銅像面前祭祀那的做生意及傭工的人便停工休業到來遊賞地方。

到他的生死忌辰舉國的人無論紅男綠女白叟黃童攜手牽衣到那

及參拜銅像是日路途之上我往爾來各其祭物絡繹不絕好似我中

國清明時節家家都往祭墓的樣子習慣相傳成爲定例那烏黎地方。

乃瑞士發祥之地國人便在此結壇膜拜張燈結彩衣香人影同遊不

夜之天人傑地靈共享無窮之福是時或貢祭品或誦詩歌人海人山。

笙歌達旦各處來觀風景有等赴輪舶有等搭火車寶馬香塵眞箇賞

心樂事此乃慶典賽會的事各國皆有案下不表且講瑞士自共和立

六四

祐。嘆同胞之徒食福于無窮兮。恨不能長瞻依于左右公立政體之

共和兮。其誰人之善後間烏覩而回首兮。惟有山淸而水秀望伊人

而不見兮。祇淚珠之滿袖鳴呼痛哉。大廈經營兮。一木難持壯士一

去兮。人天同悲天柱易折兮。風雨凄其一人有慶兮。兆民賴之嗟偉

人之半生經營兮。始達目的于斯時知公一死而無憾兮。已成萬年

不朽之基兮。惟天地之不情兮。生死無常建大業而仙逝兮。千古留芳

公之責任其已盡舉兮。于公朝何傷具生芻兮一束奠桂酒兮椒漿

靈之來兮風雨溢埃風兮盍歸來乎故鄉大地兮茫茫神州兮蒼蒼

獨立旗兮楊楊自由鐘兮㗛㗛瑞士國民兮今睡醒公如有知兮鑒

此馨香鳴呼痛哉尙饗

朗誦旣畢祭奠已罷各人又互相演說。莫不贊維羅物露自生至死。救

國校民建大功勳名香千古及再鼓勵。國民當更加勇奮整頓國政說

第十回

三七

第十回

六二

開瑞士國從未有的事看官你道做一個救國救民的英雄好不好呢。

生有益于時死遺名于後那的芳名震動天下難一個大富貴的人也

不能與他比美了當下嚷既畢亞醫拿便率一班好漢及全國的人

民。復在墓前恭祭奠一番并作一張祭文衆人齊聲合口大聲朗誦這

張祭文如何說法呢謹錄于左。

維紀元千三百四十三年月日瑞士國民等謹具犧牲酒醴恭致奠

于救國偉人維霖惕露之墓前曰嗚呼痛哉我生不辰兮國家多難。

宗社傾頹兮生民塗炭斯人不出兮夙夜永嘆誰恢復此瑞士兮脫

奴隸于日耳曼嗚呼痛哉弱肉强食兮蠖屈求伸兮亂世識忠兮天降

偉人惟此偉人兮歷盡艱辛勞心苦骨兮陁脆强鄰大事僅成兮即

萎厥身憶偉人之立志兮誓殺身以成人今壯志之已酬兮恢復舊

國而拯斯民嗚呼痛哉古人欺我兮曰仁者壽公延吉人兮天胡不

第十囘

馳到來。吊唁。及出殯的時候。滿路祭
議員。及前日愛國黨的壯士皆換服。穿素
女女老老幼幼牽羣引隊。跑至他家人心。皇皇如喪。考。妣那些議院的
在前哭泣之哀不在話下。郤說瑞士國人。一聞維霖慘露仙逝便男男
氣斷頹然死了。此時廼千三百四十三年。卽中國元朝元統二年妻兒
隨他登天堂做快樂的世界。不食人間煙火說話未完嗚呼一聲。目迷
諸天神佛騰雲駕霧來至床前說我救國救民的責任已盡畢了叫我
靈氣奄奄如日薄西山的㨾子嬰時之間糊言亂語向妻子道我見
可危在旦夕我們不敢保了誰料偉人歸天的時候就在此時藥石無
病有挽維未有呢不知他遍請醫來皆束手無策道這的病症非同小
疾病中的人睹此景象豈無愁裡添愁之嘆麼看官你道維霖慘露此
的風雨杞憂莫解老病忽生便傴息在牀延醫調理那時風狂雨驟。在

儀口碑。載道郊迎。野奠四方來。觀

六二

第十回　卒

洋俯視地中海皆森森暮氣習習晚風白雲斷續以歸山紅日曈曨而浴水忽而知還倦鳥寂寂無聲晚景桑楡依稀難認睹那番景象生了摩許多感慨便唏噓了一聲下山嘆道我維霖惕露自幼讀書每讀至西隱身沙漠昔魯士遯跡石巖的時候便拍案大叫聲震屋瓦嘆豪傑之多窮途英雄之墜末路及再讀幾篇見了他們卒能脫強鄰的羈絆便喜如身歷其境想我當年謀事未成誠恢復了固有的山河酬鄰了一生的壯志又不添了幾多後人的愉快想我們鬚眉男子頂天立多後人的慨嘆今日蒼天垂憫鑒此熱誠身投九死的時候不知添了幾一生歷歷之間忽然黑雲滿野風雨交馳維霖惕露見此情形便捷地最怕不知盡國民的責任挽那國的衰頹若知而實行雖歷萬死也能有事成功就的日子那的小小阻力區區困境豈能把大丈夫困死足跑歸家裡誰料白髮堆頭青苔滿面的老人結抑鬱的愁腸感無情

74

建國與邦額手同稱慶。　死亦如生感愛敬。　偉人萬
古為賢聖。
　　　　　　　　　　　　　右調鳳棲梧

卻說維霖惕露偕愛國黨既恢復回瑞士選些經時濟世的政治家整
頓國是不要君主專制由民間開議院公舉以最多人投簽選舉的人
為總統。當下維霖惕露壯志已酬。便心滿念足決意不為總統難人極
愛戴屢選屢舉亦不就職祇跑阿梓里退隱林泉以養浩然之氣惟日
讀書耕田與妻子優遊卒歲。正是有名閒富貴養氣在林泉了。怎料歲
月催人老之將至憶半生之奔走國勞心復今日之邦家與民種福。
國民的責任萬一也。有盡了。但英雄未死尚有雄視萬國的心懷吞併
全球的志氣積思成夢鼠虱以痒故猶有未足的意此人生之常情不
在話下。卻說維霖惕露滿腔心事無以解愁散步荒郊看看風景以展
那些襟期。自午牌時份行至黃昏便登亞律士山放眼一觀仰觀大西

第十回

充

73

第九回　　　　　　　　　　　　　　　　吞

大議院立共和政體當選舉之時國中無論諸色人等皆有投筒舉人。的權。那時全國的人皆欣欣喜色領手稱慶道我們的舊國今日恢復。獨立了我國的人民自上至下皆是平等同權了我們今日不做外人。的奴隸這時光天化日士農工商安居樂業了國政維新民主共和家喻戶曉無人不知有政治的思想愛國的心志看你道這是甚麼的時候呢就是西歷一千三百一十五年即我中國元朝延佑四年也。

正是

一人奮力安全國　萬姓齊心復舊邦

欲知結局收場請看下回紀載。

第十回　祭偉人萬民歌大德　建遺像千古留芳名。

詞曰　慘澹經營新國命　事未成時舉動皆坑穽　無限動心和忍性　卒能創立文明政　一舉功成安百姓。

72

第九回

耳曼的兵士多是貪生怕死虎頭蛇尾的人見了愛國黨的人皆是視
死如歸勇往不撓的好漢心便驚駭那敢與他比較霎時之間日耳曼
兵大有逃走的形狀亞露霸見勢不好靈魂兒都從空飛去維霖惕露
知他不是敵手喝令黨人拼死追上那時天烏雲暗日色無光正是白
刃交分寶刀折兩軍接分生死決的時候日耳曼兵雖有數千都被愛
國黨的數百人或對壘交鋒或躲身山崖用石擲下每擲傷死他兵百
數十人一時風馳雲捲雷擊電掃把日耳曼的兵與亞露霸殺得棄甲
曳兵奔師逐北維霖惕露率黨人直追至日耳曼疆界便叫亞露霸立
回一約以後永不敢侵伐並將平日奪去的權一概交還亞露霸見己
兵一敗塗地無可如何祇得唯命是聽立約停妥維霖惕露便高舉得
勝旗率黨人奏凱而旋那時瑞士全國人民男女老幼盛裝迎接塞滿
道路人山人海震動歐羅巴全洲維霖惕露便修建舊都開上中下三

七七

71

第九回

馬營前與維霖惕露相對。頭頂金盔身穿皮甲手舞雌雄寶劍大罵道。

你等斗胆敢與上國相敵歷你等祖宗尚且屈做奴隷供我日耳曼走。

狗耕牛今時出到你等蠢物無拳無勇職爲亂階若還不早些下馬投。

降遵乃祖的志便殺得你寸草不留片甲無存這時方知道我日耳曼

的利害了。維霖惕露大怒道你等貪得無厭殘害我民愚我祖宗奪我。

權利故我等今時揀七百貔貅殺盡你等日耳曼人無論軍民人士同

歸於盡雞犬不留那時你方知道我等之精勇二人相向對答如流威

勇迫人大有不可當的勢那時亞露霸恃在日耳曼國大兵多驕傲的

心忽然生起。便不審天時地利即喝叫兵丁舉手向維霖惕露打將過

來維霖惕露見他如此驕傲那些兵丁紊亂無紀糊亂舉手不由心中

暗喜不慌不忙便手輕眼快舉斧迎敵彼往此來相持不下交戰了十

敗囘合不分勝負不覺日落黃昏附待侯大家收兵翌日又戰怎料明

吞六

政體立共和。應將勃勃民權貴。愛國心。同磨礪。千不可。半途廢。

此歌作畢一唱百和人人磨拳擦掌個個舞劍掄鎗敵人見了定必心破膽落却說那日耳曼兵弁諸事停妥卽時起程水陸幷進此時正是愛國黨揭竿起事的時候沿途那的瑞士人老殘幼弱不能從軍者聽聞那同盟恢復歌便激奮起來不惜身命在軍人的面前有等進貢餅食有等進貢茶酒有等進貢衣衫有等代桃什物爭先恐後到處皆然。

大軍行了半日到馬路加汝地方遂與日耳曼兵相遇當下各紮下營寨維霖愓露攏成四方蛇團陣卽手持一柄大鐵斧頭戴銀盔身披鎧甲威風勃勃出至陣門大呼道你等日耳曼狗種死期將至還不快叫你主帥出來打話等待踏破營盤軍士通報帳裡亞羼霸大怒道那瑞士賤種敢如此信口亂罵眞不知自量了左右與儂排開陣勢遂出

第九回

第九回

日見增多。維霖愓露恐人多心雜不能歸一。便作歌一首以砥礪厥志。

五四

名曰同盟恢復歌其歌曰

亡國際。如何計。失自由。爲奴隸。同首故邦。潛然隕涕。
豈天不仁。奪吾舊勢。抑人懦弱。不知憤勵。堂堂瑞士國。
長此狼吞噬。我聞大丈夫。不受人箝製。袞哉我同胞。云胡。
不自愧。發憤大有爲。強鄰奚足畏。況彼日耳曼。橫行如鬼。
鷹。皇天與后土。豈容他在世。我今舉義旗。斷非無所謂。
一以救同胞。一以順天帝。恢復舊邦家。舉國同關係。憤乃。
同仇慨。和衷以共濟。見義當勇爲。毋使深根蒂。擇定明年。
春正月。共守山盟與海誓。倘敎一舉事不成。國民流血永相。
繼。仁者殺身以成仁。千古英雄堪比例。萬千憤勵我同胞。
丈夫臨事無需帶。頭顱擲撼自由權。安能束手以待斃。他日。

右調慶功成

卻說倪士勒自見維霖惕露父子兩人俱逃遁去了。追得舍舟登岸追

尋踪跡。後被維霖惕露射死那些兵士見倪士勒屍體暴露便知道必是死

起來遂跑往山間果然見倪士勒被箭射死屍體暴露便知道必是死

于維霖惕露之手。相與將屍舁返署內。一面打聽維霖惕露的踪跡。一

面告訴與亞露霸知當下亞露霸見那些兵丁抬得屍骸一具直進衙

署。初料是維霖惕露已被殺害結果了。將屍舁回滿腔快悅怎估到那

些兵士。齊聲報道千歲不好了倪大人被逆徒維霖惕露射死了並將

情由一一稟知亞露霸聞罷禁不住淚雨淋漓大哭起來忽然又有些

兵士跑回報道探聞愛國黨將近揭竿起事此時更嚇得亞露霸又驚

又怒便即傳令調日耳曼兵數千名前往與戰並用舟船運兵以爲水

陸夾攻的計。花開兩朵各表一枝。且說愛國黨洶洶湧湧新來入會者。

第九回

五五

67

第八回

退縮誓復我們舊日的國勢子是擇定了日期預備好糧草及那些軍
器分派好執事人員即在山中試練一次維霖惕露見衆人皆勇往問
前不由心中大喜便向衆人告道他日起義諸君須要記緊如今日操
演一般衆人齊聲答道敢不唯命是聽衆人便公舉維霖惕露爲大元
帥亞魯拿爲大將軍華祿他爲先鋒以歸專責那時人人皆熱心如火。
真有不恢復舊國不止的氣慨正是
　那家恢復何難有
　　衆志成城事可爲

後事畢竟甚麼下囘自有分解。

第九囘　成大事共和立國政　奠中興上下得平權

詞曰　義黨揭竿同舉事　國仇不復終難止　青天霹靂一
　聲雷　故土得爭囘　合羣憤與强鄰鬥　一鼓而
　擒皆授首　事成全國盡欣歡　將樂且將安

五三

第八回

維霖惕露題了這首詩。便帶同弓矢謌詠而歸直返至對面的地方。與
愛國黨人再會那時黨人正在企望間忽見他回來滿面喜容便知道
一定射死倪士勒了大家鼓樂稱賀當時亞魯拿一聞鼓樂便由房內
跑出與維霖惕露握手跳舞喜如雀躍道我們瑞士有生機了左右黨
人拍掌答是一時歡笑的聲好似高山流水大家談笑間忽然有一少
年舉手大聲道諸君謂勿過于歡笑小弟有一句說話上告衆人便停
了聲端莊肅坐以聽他講看官你道此少年是誰就是維霖惕露的兒
華祿他了。他所講是何話他說道家父今日殺了倪士勒他們兵丁定
然知道走回亞露霸面前叫他起齊人馬到來拿我們了我們若不預。
早起義出其不意攻其無備恐怕他起兵來就難抵擋了衆兄弟以爲
如何呢說話既畢衆人皆贊說得合理。亞魯拿便登壇發言道華祿他
君所講的話果然是合道理我們就要振奮精神同仇敵愾不可臨陣

三一

第八回

紅日高升颯颯曉風盈盈春色恰如一幅維霖惕露新美景維霖惕露便取一
弓箭束裝好戰衣向衆說道我今再往洞穴以剌倪賊衆兄弟請在此
遙觀動靜言罷矗矗英英昂頭天外望對面洞穴而去話分兩頭卻說
倪士勒自棄舟登岸跑了一天都不見維霖惕露父子的踪跡風餐露
宿越了一夜次日再行追覓東逐西奔不辭勞苦那時維霖惕露已到
了洞穴隱身不出迫後倪士勒奔走而來便發一矢又中他的腸臟嗚呼
倪士勒頭痛眼花昏仆于地維霖惕露再發一箭射正倪士勒的頭。
一聲倪賊死了維霖惕露喜不可言便向洞穴中的古石掃苔題詩一
首以紀念在此避難在此殺賊的事

詩曰　頭今未斷安知價。國就淪亡尚計身。救予殺賊拯斯民
　　　芬芬乾坤留洞穴

側寫道　虎口餘生瑞士烏黎維霖惕露題

平

64

僕喬目時蹶關心舊國冒萬死以求脫奴隸之藉故于去年某月下
倪士勒之旗不爲禮于幗下郤被他借射菓之名欲僕父子
自殺幸得彼蒼憫一翁中鴻不至父子同歸于盡孰料狼心叵測
見謀不遂復解父子于克拿虞多星夜起程抵岸卽殺適狂風夜雨
危險異常所以迫得求我掉舟致有乘機脫險披星帶月乃至于斯
諸君子肝膽相投力推演說故不揣鄙陋舉往事以直言然僕猶有
請者何則僕之脫險潛逃倪賊亦經察覺昨日隱身洞穴頗聞追逐
之聲定是倪兵追吾父子今夕得與諸君子會面者亦虎口餘生也
諸君子同心協力恢復舊邦僕則撥弓力射倪賊既死大事易成諸
回洞穴之中待他道路奔馳僕必先殺賊僕欲自懷弓矢奔
君子以爲如何復望高明匡子于是洗盡更酌談歡之間不覺鷄聲報曉

第八回

演說既畢舉座皆拍掌贊妙于是洗盡更酌談歡之間不覺鷄聲報曉

第八回

四八

營前舉目一觀，向不知是人是鬼，將疑將信，未敢發言。忽然他父子同

聲上前握手，始知他未死，悲喜交集，便輊跞為禮，延入內營大談往事。

詰問被困情形及得逃脫的法子，維霖惕露父子二人用手抹了額上

的汗，然後將情由一一告知。亞魯拿聽罷，也嚇得汗流夾背，鼓掌贊義

者。天定然助我們以成大事。于是命黨人開筵痛飲，飛觴醉月，大家皆

道，足下救國救民貞誠的心，可對天地，故此身入虎口，尚能偷生，彼蒼

以國事自任。人人見維霖惕露父子逃難回來，心便愛敬，各上前敬酒

一杯。維霖惕露飲得酒酣耳熱，泉人又公舉他演說，鼓掌的聲如松濤

夜翻，洋洋盈耳。維霖惕露見義不容辭，便舉步登壇，向泉為禮一次，然

後敢懸河之口，發流水之音，娓娓而談，最動人聽。看官你道他說甚麼

的話呢，他所講的話皆是激發人心，幷將如何殺賊的法子，一一暢說

其說曰。

也是同病相憐此地茂林修竹山水沙石那裏有可食的物呢華祿他

聞父親如此說來便安慰答道兒聞英雄豪傑百折千磨九死一生也

作爲平常的事區區餓三兩日豈足怕麼維霖惕露聽了兒子的話點

頭佩服便又開言道吾兒尚記得今晚是何日期呢今晚就是我們瑞

士愛國黨舉事的日期了我纏在洞穴兒得對面的地方灼灼有光定

然是舉火爲號我們父子二人躲在此地也是無用不如跑往對面的

地方聯齊同志乘此機會把倪士勒射死豈不是好華祿他言聽計從。

點頭答道爹爹欲往小兒生死相隨維霖惕露卽時起程是夜天朗氣

清滿空星斗恰似彼蒼有意照人夜間跑路的樣子父子二人載欣載

奔亦趨亦步那時薰風南來月光如燭水聲遠近山影高低父子二人。

不由襟期滌蕩快不可言携手同行不覺到了對面的地方了此時亞

魯拿正在思憶他爻子被困欲設法搭救忽然見維霖惕露爻子來至

第八回

毘七

林。

第八圖

僕僕征途。不知時候。此中苦楚。殊屬可憐。奔走之間。不覺林鳥爭棲。炊煙四起。樵子負薪而返。牧童騎犢而歸。這的晚景。千古英雄對之。也生了許多日暮途窮的感慨。況那倪士勒一個奸雄。所謀不遂。觸景一想。能無心灰意冷麼。這且不表。卻說維霖惕露躲身洞穴。不敢跑出。不知不覺日又黃昏。忽然腹內雷鳴。便飢餓起來。憶及兒子也躲匿林中。定然同是飢餓。躊躇顧盼間。忽見對面的地方。閃閃火光。人聲漸有所聞。心中便明白起來。屈指一計。原來就是愛國黨起義的日期。喜從中來。那些飢餓也忘記了。即乘夜步到林中。找尋兒子。其子正在飢餓間。忽然聞有人近前的聲。不由心驚起來。恐是倪士勒的人馬追到。便再深入一林。當下維霖惕露到了林內。不見兒子。心又疑懼。乃發一暗號。用口角吹了一聲。其子心中明白。知道是父親來找。不是兵士。便頻忙跑出。父子二人。握手相會。悲喜交集。維霖惕露道。你肚中飢餓麼。你父霖惕露父子逃走去了。又見這的地方。不是克拿虜多不由心火大發。

卽命兵丁掉舟登岸追尋維霖惕露父子行踪兵丁從命欵乃一聲舟

已泊岸倪士勒卽時身一人疾步跑跳向亞爾他而去正是

彼蒼不困英雄漢。九死殘生大有爲。

欲知後事如何且看下回分解。

第八回　脫危險乘勢誅賊臣

詞曰　畏死原非豪傑。　趁時機舉義恢舊國

任彼舟沉掉斷。　乘機可殺狠官。　半途一躍越江干。

試看一剪滅孤軒。　賊以殺人爲計。　我非殺賊難安。

統緒從茲載續。

右調白蘋香

第八回　　　　　　　　　　　　　　　　　　　　　　　　　　　　　　　玉

卻說倪士勒狠心憤憤怒氣忡忡不惜脚力。跑得眼花耳熱揮汗如雨。

況雨後路途泥濘難走且平日足跡未曾到過。不知西東穿曲徑入深

第七回

道。你且勿怒號大叫。我自有主意華祿他答道爹爹莫彼那大話種所
騙。我們瑞士溺死我二人也是閒事無關緊要豈不是仁者殺身以成
仁麼但那狗官若死了瑞士就大有生機之日可望有自由復仇之時。
了維霖惕露深知其子血氣方剛不顧生死惟是年少未明乘機殺賊。
的籤便答道吾兒有所不知你父豈不是瑞士的國民豈不知國民的。
重任麼你且坐定我自有方法說話未完倪士勒愁眉大展笑口輕開。
即命兵丁把他父子的柳鎖一齊開了那時維霖惕露父子二人好似。
蛟龍得雷雨騰起翱翔大鵬上雲霄扶遙直達即走進舟面輕舉掉子。
順手直搖風雨如故不見咫尺維霖惕露便生一計將舟掉往亞爾他
的地方郎即把華祿他渡上嚥他躲身在林中然後再掉幾步。
自己也跑了上岸隱身在一湖上的洞穴不管那舟之載沉載浮那時
風雨漸止天色微明倪士勒覺這舟依然不動登舟面一看便知道維

第七回

多海水那時倪士勒呆坐舟中嚇得身寒膽戰好似靈魂兒從空飛去。
的樣子匆匆忙忙便向兵丁問道誰能救我當有重賞數十兵丁方在
白眼望天束手待死的時候安敢云搭救人的說話不知忽然有一人
答倪士勒道大人不必掛心今夜所解的罪人自幼有善射箭妙掉舟
的大名何不放他出來問他一聲可否答應若他點頭應允我們可以
脫險了倪士勒便命人帶他上來正如俗語話禮下於人人必有所求
時惟恐維霖惕露不肯正如俗語話禮下於人必有所求倪士勒開言
道你若肯代我掉登彼岸救生全船的人即你父子亦不至葬於魚腹
我即赦你們父子的罪再不囚監了維霖惕露正欲應允那後生華祿
他大叫道爹爹不可信那說謊殘惡獨夫之言他果係千金一諾之人。
在法場射平菓時我等已出了生天何待今日說時滿目電光大有欲
食倪士勒肉的勢豈知維霖惕露胸有成竹便滿口應允轉頭對其子

四

第七回　　　四三

間。怒從中來卽下令把維霖惕露父子再綁當場一叫四壁齊來罷。

時之間就把他父子二人綑縛起來拘入監獄。倪士勒點頭自思道我

今把他父子卽時絞死恐怕他們黨羽跑來劫奪若不速害他又恐生

無窮的禍。左思右想怎生一計看官你道此計是甚麼不知他欲把維

霖惕露父子解往克拿虞多的地方然後靜靜的把他害死但是日間

解去恐太過張揚不如乘今夕月暗夏深人靜夜闖的時候弄一巨艇。

由水路起程豈不是妙計計畫已定便卽退堂幷將如何解犯的法子。

遍告兵丁知道退囘內廂坐以待夜光陰如流水不知不覺鳥倦飛還。

太陽西下。倪士勒便收拾好器具點齊那兵丁催便一巨艇那兵丁由

獄中提出維霖惕露父子二人你推我攞牽他下舟倪士勒亦到卽時

解纜起程呐呀啞的聲與水聲交雜怎料天淸氣朗忽然雲暗雷鳴光

閃。電若蛟騰白䃔翻波如虎嘯那艇似在水底行動一般艙裡入了許

56

放你回去將來你精益求精變結多些婦漢我這日耳曼豈能長此强。

霸麼講到這句說話倪士勒汗涔涔下好似驚魂未定的樣子左顧右。

盼沒了主張維霖惕露見他呆如木雞恰似着了瘋癲便可憐可笑于

是不慌不忙上前大聲道大丈夫不能留芳百世也要遺臭萬年你想

做一個奸雄又沒有胆色沒有手段今日這的小小事情你便魂驚魄

動講甚麼做曹操說甚麼爲王莽呢我答應你射平菓先叫你給箭子

二枝豈無緣故這刻不妨直講你欲我借射平菓而殺子幸則中菓而

不傷子不幸則父子同歸于盡了你的毒心我豈不知麼所以我懷多

一箭先發一枝中菓則罷若不中菓而傷吾子我便再發一枝取你狗

命今日也是你的臉處倪士勒聞得這的說話更着了篇拍案罵道你

這瑞士賤種心懷不軌欲恢復舊國藐視我日耳曼的堂堂大國若不

及早把你們剷草除根將來滋蔓難圖我日耳曼就要退步了說話之

第七回

五一

第七回

衝去大叫曰我雖死必上天堂豈似爾等禽獸將來入三千層地獄麼

當時在場的日耳曼人皆驚奇咋舌相語道幸得此少年被囚將死若

不然我等日耳曼人不知被他如何蹂躪了遂再將別個平菓放在頭

上維霖惕露張弓抽矢描定準頭霹靂一聲向華祿他頂上射去已有

一物趺地有眼慢心懇的瑞士人大哭道不好了我等志士死了今後

無人總志同歸于盡我等要此礟生何用呢痛哭欲死豈知哭定時見

人人都喝采鼓掌聲如雷動那後生還自屹然獨立不動聲色衆人于

是始知維霖惕露有此絕頂手段那時四圍的人多說維霖惕露有出

生天的機會怎料大丈夫懷玉碎不瓦全的心志豈計區區一生死麼

當下觀者漸散那倪士勒撚鬚轆眼弄成作福作威的樣子向維霖惕

露道我初見你不過是一介耕農一旦把你來殺似乎無辜所以借這

個難題待你父子自殺怎料你的流電眼界穿雲手段如此利害我若

四十

異聞不是呢。莫講話那愚夫愚婦拖男帶女。想見他們父子二人。如何

形狀。如何射法。即便程明道當場薰子在世。亦要開些眼界此時天地。

爲之慘淡草木爲之此咤百姓爲之下淚惟獨他們父子旣然自得微

微哂笑道爾們何用傷心。那些眼淚可以贖得我的性命麼可以贖得

我的自由麼大丈夫視死如歸豈做此事但願諸君今後發

奮救國協力同仇將那殘忍兵丁盡逐出去下旬尚未講完那監守兵

丁罵道爾們噥噥唧唧說甚麼還不快與老爺走開再遲一步即打折

爾脚骨內中有運行的有不忍離開的早被那兵丁刀背棍尖打得似

風捲落葉一般此時已及開射的時候倪士勒在臺上號令一聲即將

華祿他按定內有一心狠兵士細聲說道等一分鐘的時候你就要落

地獄見閻王了須知你的老爹把你如此殘忍以父射子我見猶憐說

完。即將平菓放在他頭上而去華祿他怒得無名火噴起三丈將平菓

第七回

芫

第七回

策在此一舉你試自想一想。看我所講的說話。有錯沒有維霖惕露聽

了這的說話便點頭自言道我雖是妙手射箭但今日的射法非同小

可那平菓在我兒頭上若稍有些錯手便是我自殺自己的兒了兒死

我也要死如何是好左思右想瞻前顧後忽得一計看官你料此計是

甚麼不知他懷多一枝箭子若一射中了平菓則有生機不必多講如

若不中錯中吾兒。我便再發一箭向倪士勒而射取他狗命射死他固。

要死不射死他也。要死與其不殺賊而死不如殺賊而死自古道大丈

夫死得其所就是這箇道理思想既定便向倪士勒言道這叚射平菓

的事我敢從命你須給多一枝箭與我待我把手叚你看倪士勒即命

左右取出弓箭放了維霖惕露的枷鎖即刻把他父子解出法塲之外。

將華祿他縛在菩提樹下放一平菓在他頭上命維霖惕露張弓放箭。

把平菓而射一時喧傳遠近的人都到齊觀者如堵看官爾道是千古

52

機脫難。　逍遙事外。

右調玉交枝

却說當倪士勒開堂審訊的時候那日耳曼太子亞露霸也在堂內怒

聲向維霖惕露問道你明知我張了這幅羅網你偏偏自投進來以身

試法。真是死你不錯了立刻問絞不容多言維霖惕露父子二人談笑

自若。絕無畏死的氣象祇得延頸以待倪士勒向左右八間道這叛逆

莫非是烏黎的維霖惕露麼。泉皆答是倪士勒便大喜曰。有了有了千

歲不必過怒我今又得一法了。便向維霖惕露道你今日死期已至你

自知否但我聞得你平日也曉弓箭今我有一線的生機把你走走不

知你心意如何呢維霖惕露問道有何生路倪士勒道我將你的子縛

在那菩提樹下。放菓一個在他的頭上你隔十數里的遠把箭射那箇

平菓若能射中將功贖罪放你回家若不射中你的子必被你射死父

子同日要落黃泉你若有利害手叚豈有不敢答應的道理麼兩全的

第七回

芒

51

第六回

共

維霖惕露兩爻子。一聞此言激得跳高幾尺。威風凜凜殺氣騰騰。厲聲答道強盜日耳曼奪我土地害我人民已歷年。所今得寸入尺又下。這的前無古人後無來者的毒手殘忍苛虐喪盡天良我們。今日特來送。死不過略爲同胞洩點憤氣雪些仇恥斬我則斬殺我卽殺何必多言。多。語藝瀆好漢呢。倪士勒見他言詞胆定沒有一點驚惶形狀不由心中更怒料他一定是愛國黨的人物愈想愈眞更欲快些把他置諸死地。維霖惕露兩爻子再不作一聲只有昂然以俟授首的時期了正是

男兒第一快心事。臨死從容罵賊時。

看官欲知後事請你細閱下回。

　第七回　命射菓假手殺英雄。求掉舟天心救好漢。

　　詞曰　眞堪愛。破家救國英雄輩。百端挫折。偏遭囚害。

　　冥冥自有安排在。桃僵竟使李來代。李來代。乘

50

第六回

言以自慰的時候。忽聞那的警耗。即速點齊親兵。親自統帶急于星火。把這個市鎮圍了。那時風聲鶴唳。人心惶惶。箇箇都怨恨維霖惕露父子滋事。胆敢違例毆兵。自取殺身之禍。當下紲維霖惕露父子二人。面上。絕無一點憂形。反似可惜未有敵手的樣子。霎時倪士勒親兵齊到。馬壯人强。可憐維霖惕露父子二人。手上沒有堅利軍械。祇有奪來的木棍二枝。怎能與後來的親兵比較呢。無可奈何。眼睜睜就被捉將官裡去。但其父子二人不憂不懼。反大聲笑道。大英雄的丰段。今日人人都見了。道路的人聞了這的說話。好似夢中驚醒。莫不點頭嘆道。這箇是當今的好漢了。臨死不懼。天下間豈易得這的人麼。街談巷議皆是可惜維霖惕露父子的話頭。接下不表。且說倪士勒一擒得維霖惕露心便大喜。好似拔去背後剌眼中釘的樣子。便即時開堂審訊。拍案罵道你個瑞士賤種。有例不遵。藐視官長。毆打官兵。好生六胍。可知罪過麼。

49

第六回

吾我語商酌了一二天。決定不顧生死。親住市鎮。在那竪竿。懸帽的地。及

方不屑爲禮視他有何利害愈想愈定卽速起程二人望市鎮而去到

到了該處見着木柱一枝島長十丈上懸禮帽一頂鮮艷耀日下有一

塊白石鑿鑿刻得告示一張爻子二人上前鳴了一聲挺然直行絕不

爲禮那看守的兵丁見他們胆敢違犯便問其何以不爲禮爻子同答

道我們不屑禮下於異族種賊臣說話未畢便不慌不忙上前輕輕手

兒將柱一蔵而霹靂一聲那柱折爲兩斷那頂禮帽卽墜地下那些兵

士吃了大驚便金告道快些捉拿叛逆的人了維霖愓露爻子兩

人毫不畏怖又不逃遁祇立實了爲步伸攏了拳脚與那些對打起來

怎估道這的兵士盡是最不中用的人有等一打就仆倒在地有等一

見着維霖愓露就退不敢前一時喧傳四方來觀充塞周道有些兵丁

見勢不好卽忙忙跑回報告倪士勒倪士勒正在引壺觴以自酌出大

48

恭敬溫柔。不得褻瀆。視若寇仇。遵守告示。謹愼行游

如有叛逆。心立陰謀。壞此律例。把他勾留。問之死罪

決不放休。衆民人等。莫自招憂。

當時倪士勒既樹了柱竿懸冠其上建立石碑渺示其下復卽點他日

耳曼兵一隊圍守其側好似一王宮府第的樣子所有行人無論男女

老幼皆一一照示行禮已有五六日之久都沒有一人叛逆不從的。

倪士勒便大喜道你看他們瑞士賤種奴隸性質想得恢復自己舊國。

豈不是發了瘋癲歷我下如許專制殘忍的手段都沒有一人敢來抵。

抗他們結甚麼愛國黨恢復甚麼舊國勢我料他萬萬不能成其事了。

自思自想自言自答舉酒暢歌往

往如是所以曹操有對酒當歌人生幾何的說話這且不表且講維霖

惕露父子回家心中悶悶不樂。日夜欲將這點犬恥一霑父子二人。你

第六回

47

第六回

口便叩戶進去父子二人。小不免將此事懸在心頭。朝思夕想。日商夜

量此自然的事不在話下郤說那倪士勤究因何事出這種手段將帽

兒懸竪呢。非爲別故。實因他近日風聞瑞士有一班會黨志圖恢復舊

國所以一唱百和。頗有勢力那黨名叫愛國黨若不預早把他們斬草

除根他日必生出無窮之禍故欲一網將該黨人打盡以杜漸防微惟

苦無法子所以思前想後費了數日精神眠食不安乃得此懸帽之法。

大抵倪士勤用意所在係明知有志之士不屑下禮子帽前故將此法

以分辨誰是黨羽。易於追拿但其法是何樣子的呢。乃用一長柱建竪

途中每日用繩懸帽于其上又在柱下立一石碑鏤鑿得告示一張好

似遺澤紀念碑一般併遣兵成守見有不下禮的人必是會黨卽行拿

究陰謀詭計你道妙否其告示云

此頁禮帽。　縣置竿頭。　行人至此。　如見公侯。　翰躬爲禮。

日耳曼以來。消受那些虐政。亦已久矣。誰料今日那日耳曼政府。復出
得一新例。尤爲千古奇聞。你道此是何例。不知他在對面的大市鎭地
方樹立了一枝長木柱。每日把一公侯禮帽懸置柱頂。柱脚立石碑一
塊。刻有告示一張。其大意謂無論何人經過此地必須鞠躬脫帽爲禮。
如見戴此帽的人一般。不得稍慢若有明知固犯。不吝下禮者當作反。
徒論罪云云客你話我們行商坐賈。彼往此來的旅客怎能方便呢。

第六回

所以衆人今日喧噪起來說罷氣象淒涼似有不平的貌維霖惕露聽
了此番說話熱血內煥恨不能卽將暴官汚吏盡行殲滅惟是辦大事
的人極要小心所以不敢怒形于色只得忍着氣兒作和平的話道有
此事麼眞我們夢不到的事了眞我們極不幸的事了怪不得你們鼓
噪起來說罷便向衆人下一告別禮與老人握手言別于是爻子二人
浩然歸志望寓所而去富下速步而行一路想法不知不覺已到了門

三

第六圖

賊心情惡。土地已爲吞。種族頻遭虐。不復深仇

勢不休。寧以身殉國。

右調白尺橋

半

話說維霖惕露父子二人。自驚聞衆人鼓噪的聲便下了茶樓走進人

叢中訪探其事當下父子們囘到市亭。見得人多如鯽便恭恭敬敬舉

手整冠爲禮然後向衆人間道請問列位先生我們在這市鎭各謀生

業。白日靑天相安無事爲何忽然喧噪起來呢邇有一蒼顏白髮的老

人也在人叢中見維霖惕露父子們如此恭敬如此慇懃便還囘一禮。

啓言荅道容官有所不知吾人貿易於此于兹有年樂業安居絕未有

甚麼喧噪的事卽便間有升斗尺秤欠臻公平以致有三言兩語的爭

執也容易調停妥協和氣無傷但今日之所以喧噪起來事非無故客

官傾耳且聽老人告上維霖父子見其壟斷異常且禮儀氣力遠出凡

人之右便復下一禮請其慢講那老人乃再開言道噫我們瑞士自隸

若帶往市鎭求價而沽。較爲妥當。便將情由稟告其父。維霖惕露聽其
說得有理隨口答道果然卓見遂一同前去。將那些禽獸轉賣別人。及
到了市鎭的地方。不滿半句鐘。而那些東西一一沽罄。因該市鎭自開
闢以來。未有牲口如許之多者也。所以有如此好生意當下維霖惕露
父子們旣將物盡行賣去。不覺黄昏時候。那腹子又飢渴起來。父子二
人。便同上茶樓啜茗並弄晚膳茶談酒話在所不免怎估二人正在談
話閒。忽然人聲鼓譟起來。四座俱惶惶而退。二人不解何故。吃了一驚。
便忙忙下樓支了食數然後訪探這事而去正是

　無端市井人喧噪。　酒話茶談亦吃驚

後事果屬如何下囘自然詳載。

第六囘

　詞曰　亡國事堪悲。　身世何從託。　自古英雄困阨多。　民

第六囘

　　　縣冠寬人民須下拜。　斫木柱父子被槍拿。

第五回

弍

願同行抑在寓鎮守。試想華祿他少年英俊本係。一箇不覊的人又安有不同行的道理呢故。一闢爻問便連忙答道兒願同往于是爻子兩人穿起打獵的衣裝。取出弓箭各配帶身上吩咐家丁看守門戶然後起程向村後深山而往兩人隨行隨話登山涉水不覺艱苦及行至一平原地方適午牌時份太陽當空酷暑蒸人異常苦楚遂暫在林間憩息遂取出乾糧作午餐小食之用斯時清泉爲酒古石爲櫈飲食之餘。頗覺幽雅大有呼吸湖光飲山綠的景象宴畢畧坐小頃然後跑上半山張弓放矢專向在走之獸在飛之禽射其要害維霖惕露夙有善射的名弓矢一張百發百中爻子二人射了二三句鐘之久所射得之飛禽走獸恒河沙數有如山積尚無倦意惟是得物太多飄于携帶祇得停手不射將那些禽獸綑成一大擡返山下華祿他見帶回寓內雖百數十人也食不盡況且天時暑熱易生虫蟻若越數夜恐壞衞生不

42

內。即與維霖惕露爻子二人。約定明年正月某夜起義。舉火爲號。遒將

舉義的秘密事情如此如此這般這般一一說罷然後握手作別。啟程

而去維霖惕露爻子遠送于野叮嚀一番然後返寓亞魯拿直至萊因

莒安兩道河水處買舟渡過望烏黎而去該兩河水漣漪可愛馳名天

下不容贅說話分兩頭。且說維霖惕露自送了亞魯拿去後退歸寓中。

那班壯士又不見囘來爻子們甚爲寞寂祇得旦夕把那些軍械互相

操演。一日天色晴和清風解慍晚聽鳥婉轉其音生成一種催人出

遊的景象是日維霖惕露端居寓內心血來潮悶悶不樂於一切操演

軍械的事雅不欲動其子華祿他見爻如此快快不怡必有些感觸

乃上前稟道爻今日天朗氣清好鳥催游我們何不陟彼高岡打獵

些鳥獸呢維霖惕露一聞心喜連忙答道妙極妙極你爻今日悶從中

來不能自解長在此間更增無聊之感打獵一事大有是心惟未知你

第五囘

芼

41

第五回

草就維霖惕露的子華祿他。一聞亞魯拿的說話。便不慌不忙。上前言
道世叔若往烏黎姪也有些拜託因姪平日在家讀書的時候結交得
一班文人學士。他們皆有熱心恢復的待我把一封書與他。他必能隨
叔父來。今日辦事情無論甚麼的人也要搜羅了。說罷亞魯拿與維霖
惕露皆拍掌道妙華祿他即走入書記室取出大筆一枝白紙一張舉
手直寫好似筆落鸞聲的樣子其詞曰

憶我好兄弟。　　幼學在烏黎。

別後多燕進。　　同胞望若霓。　　邦家成瓦解。　　百姓墜塗泥。

快舉擎天手。　　提携疾苦啼。　　猶太出埃及。　　全憑一摩西。

斯人終不出。　　舊國永沉迷。　　立定安邦志。　　邊論年歲低。

　執鞭今有志。　　請勿學夷齊。

華祿他既草了這封書信即交與亞魯拿的手。亞魯拿接了放在行李

芡

欲知後事若何。且聽下回分解。

第五回　亞魯拿募兵渡二河　華祿他隨爺過市鎮

詞曰　俠士驚天動地。仁者捨生取義。一片愛國心。雖
死當爲厲鬼。壯志壯志。誓不民權放棄。　右調如夢令

第五回

卻說當下大家早起梳洗已畢。那廚子卽時弄好早發大家團食了。然
後各行其事。有等四處招人。有等籌畫糧餉。有等蒐羅軍裝。有等測量
地勢。有等打聽消息。有等打筭錢財。維霖惕露與亞魯拿分派奷這些
壯士出門去了。亞魯拿然後向維霖惕露說道足下爺子二人請不必
他往留在此處鎮守。弟要往別處招募些有勇有謀的兵士。且再返我
們瑞士最大的部落烏黎地方。這地方足下的故居人馬強盛。且足下
前日遺下的風化。定然比別處好些。足下有何書信託弟帶的請快些

第四回

誰何。地權財政盡握在他人手。種族同胞受摧磨。歌至此。
最心傷。何時恢復拒貪狼。國家自古憑民氣。民氣堅強國乃
強。我今要把同胞問。還念神州與故鄉。如記念。要提倡。
誓扶故國不至淪亡。國民責任人人盡。轉瞬三年國復昌。粉
身碎骨誓把文明購。贏得芳名萬古香。那時拒絕日耳曼。野
蠻賊種盡付大西洋。賊旣去。國康莊。共和立政地久天長。
民樂自由邦獨立。此時強盛百世名揚。

維霖惕露唱畢。衆人皆拍掌稱羨。然後大家輪名演說所演的說話皆
是救國救民的主意。那夜高談雄辯與高采烈談說之間不覺東方旣
白雞鳴天曉了。大家梳洗已畢。卽要各自起程奮奮發發好似千金一
刻時候不可少失的樣子正是

頂天立地奇男子。愛惜光陰不放輕。

卅四

卽聯齊同志出郊外迎接大家握手通姓名一次然後帶同寓所不拘

賓主卽烹宰牛羊酌大宴那時維霖惕露的予華祿他也在席見了

各人大談國事滔滔不絕卽魯拿向維霖惕露問道弟的家災消息如

何答道聞倪士勒賊已戕害了亞魯拿聞罷那裏悲痛異常卽跳住蒼天哭

了一聲作送災歸天的形狀大丈夫辦事情得家裏的事呢亞

魯拿把那檄文與維霖惕露□了一唑維霖惕露鼓掌讚美座同志

皆附和是晩宴飲已畢維霖惕露帶得幾分醉意作歌曲一首名曰愛

國歌向衆歌唱當歌唱的時候維霖惕露精神奕奕氣象堂堂面似桃

花舌如蓮瓣激昂慷慨痛快淋漓好似仙人下降的樣子其詞曰

愛國歌　愛國歌　未開口唱源滂沱　瑞士昔為財富國　當朕

土地國民多　富源遠接尾□河水　山河聲固比嶺嶒峨　怎料虎

鄉圖併我　無端侵伐動于戈　今日國亡城又破　民心渙散奈

第四回　芷

37

第四回

而去。及到了斯知念地方。與那們同志的人會面。皆有相見恨晚的意。

宿了一宵。明日聯袂起程。往訪亞魯拿。及搜羅多些英雄好漢。大家指

天盟誓道。我門。盡國民應做的責任。恢復我們的舊國。拯救我們的同

胞。皇天后土。共鑒此志。若事不成。寧願死榮。亦不生辱了。看官你聽這

的說話。利害不利害呢。當下數十人行至羅士河畔。忽然天昏地黯。四

野黑雲雷鳴電閃。轟轟炫炫。動人耳目。風雨大作。波浪怒翻。那時舟子

也不敢渡客。如此形景。維霖惕露恐他們退縮。便厲聲道。我們。今日辦

事。出生入死都不怕了。此區區風雨豈可以阻我們的前程麼。僕平日

也諳水性。若舟子不肯放渡。僕可自己枝舡。我們手足兄弟請立實

頭。相與冒些危險。眾人聞罷皆欣欣喜色。聯袂登舟維霖惕露把住這

舡子上下其帆。舟行如飛不知不覺便到了彼岸。怎料事有湊巧。那亞

魯拿又在這處地方。一聞維霖惕露及一班壯士到來不由滿心喜悅。

故留亞魯拿在自己的家居住。旦夕談心風雨聯床不在話下。且說維

霖惕露自從別了亞魯拿屈指計之。已有幾箇月內又聞他的炎親被

倪士勒拿去。限他三天之內把亞魯拿變出。若不能變出。便要問死罪。

繼又聞他炎已經死了。不由心中愈憤。但不知亞魯拿的行踪現在何

處正在思憶間忽然一朋友叩門呼道某某人到。有要緊的事情要與

老兄打話。維霖惕露聞罷便啟門迎接茶煙旣畢相與握手談心看官

你料此人是誰。乃斯知念地方的志士威里尼是也。此人生得身雖矮

小但他的心志極大也是有恢復舊那思想的人。所以到維霖惕露的

家傾談當下他所講的說話皆是催維霖惕露早些舉事的其言道現

下斯知念已有大半的人。願同辦事。求足下快些動身往找着亞魯拿

一同立約起事。那時維霖惕露聽了他這番說話。不由熱血汾湧坐言

起行。卽速檢好那半肩行李五色軍裝與威里尼執手起程。望斯知念

第四回

第四回

亞魯拿帶了那檄文。四處傳布風餐雨宿的苦。不在話下。郤說瑞士平

日已有一班會黨。那會黨的頭目有二三人。一名翁德華丁。一名師格

哇。一名盧多利植黨半年。已有三百五十八也是有恢復瑞士舊國的。

志氣日夜練習武藝講求兵學勇猛向上的心懷了不可當亞魯拿一

聞有這黨人不由心中大喜便登山涉水往覓芳踪及得見了那班好

漢的時候見他們生得皆眉粗目大眼精灼灼有光舉手則似猛虎離

山動足則如蛟龍出海聲音激厲氣宇軒昂生成一班中興好漢的樣。

子。亞魯拿稱呼了一頓。即與大談時局。又從袖中取出檄文把他們一

看。怎料他們皆忠肝熱血的人。一讀便跳起來。兩眉愁鎖好似春江欲

雨的樣子。皆說道我們瑞士故國河山不堪回首了我們當同心協力。

山盟海誓共舉義恢復便是亞魯拿聞言後點頭道足下等皆少年有

奇氣的人。他日舉事弟願附驥他們見亞魯拿如此謙遜。便愛敬起來。

二十

34

予。盡與平來。

草畢當衆宣讀一次。即分派數人膽寫寫得一千幾百張。然後亞魯拿
携帶滿身登卽起程。向別處地方而去。那的披星帶月。沐雨櫛風的苦
味也。備嘗了凡有志辦大事的人。視爲等閒之事又豈有海島飄蓬亦
復。何味的嗟嘆呢。正是

出生入死男兒事　豈任他人奪自由。

後事究竟何如下回請看了利。

第四回　駕扁舟乘風破巨浪　唱歌曲苦口勵羣心

詞曰　馬牛奴隸何時了。　壯士强哉矯　扁舟一葉大洋中。
冒險輕生破浪與乘風。　野蠻虐政呻吟久。　難喋懸
河口。　合羣恢復舊山河。　同心一德齊唱自由歌。

右調虞美人

第三回

虐政日異月新。張牙爪於青天白日之中置生靈於水深火熱之下。

橫行刧奪縱意荒淫此正天地之所不容神人之所同嫉者也僕等。

呻吟已久同病相憐爰舉義旗蒐羅志士師蘇格蘭之布魯法猶太

國之摩西竭力磨磚尚期作鏡誠心點石亦可成金英豪刻苦之工

夫類皆如是。邦家恢復之舉動何莫不然骨粉身灰誓達賞虹之的。

天荒地老終求屈蠖之伸求我國民盡其責任世無難事志立竟成。

名義正則天助其與人心一則國賴以復此人貴自立義不容辭者

也豈宜附勢趨炎因循瞻望仲他人之鼻息失獨立之天權同胞等。

或讀學堂或耕綠野或牽車而服賈或戴笠以從工皆先王之子孫。

瑞士之種族同心誓水衆志成城獨立旌旗毘毘高張薇日自由鐘

鼓蠡蠡振起如雷以此脫陋何陋不銷以此建功何功不立共憤同

仇之慨毋哀愛國之心他日政體之共和畢竟囘胞之幸福爾爾君

六

忙忙荅道兄等皆是有心人幸甚幸甚惟望眞實心地刻苦工夫堅持

不變雖則現在同志寥寥小弟甯願四處一走傳佈檄文廣招壯士然

後相時而動豈不是好于是邀齊同志聚集于一幽靜的地方有等執

筆有等磨墨大家斟酌盡善草創一張恢復舊國的檄文名爲愛國黨。

恢復瑞士檄其文曰

第三回

我瑞士延歐羅巴之古國與日耳曼爲比鄰土地膏腴人民富厚西

有尼河天塹南拱比嶺懸崖可謂金城湯池天然鞏固者矣詎意鄰

耽虎眼欲逞狼心如日耳曼者種寶野蠻志圖呑倂欲奪鵲巢於南

國將離兎窟於北方動彼千戈傾吾城社橫征暴歛已懷萬年不朽

之心倒行逆施大縱平素無厭之欲我國人爲奴隷地入版圖一朝

成千古之悲日暮瀝淦窮之淚神州回首彼黍離離故國傷心秋鳳

瑟瑟悵同胞之塗炭望恢復於何年且也巨盜僑君得隴望蜀苛殘

十七

31

第三回

亂打交加。其父到案。已受鎖枷。今出賞格。購拿于他。

如有拿得。即送本衙。

六

亞魯拿聽罷這番說話。心如火警。怒憤異常。厲聲道。他日耳曼人以我

瑞士人爲眼中釘。不自今日始。他奪我土地。害我人民。正是大逆不道。

逆匪大賊尚不自量。還欲把我們有些知覺有些志氣的人。一網打盡。

麼我今日不反也是大逆不道。要間死罪若一反而恢復舊國也是逆。

匪與其假逆不如眞逆。說話之間。不禁悲從中來。擲下幾點英雄的淚。

四座友人見其如此激奮。如此愛國。便皆愛敬起來。我們上前勸道老兄何

必憂心如許。這件事情乃我瑞士人應盡的責任。我們許久有此心志。

惟恨無人四處游說鼓舞人心。所以我瑞士同胞長在不見天日的地

獄。今老兄眞心誠意肩任這件事情我們雖不才也願爲一臂之助。老

兄尊意如何呢。亞魯拿一聽了那的說話若見雪中送炭喜如雀躍。便

肉爛。看官。你想這箇六七十歲的老人。怎能捱得這樣苦楚。刑罰就是

他的兒子。有罪亦不應這樣殘忍。古人有講罪不及妻孥于今安在呢。

那老人旣被打了。又要承允限三天之內將亞魯拿拏出不然則人頭

下地了。如此淒慘的情形縱是石獅也解流淚花開兩朶各表一枝且

說亞魯拿躱匿山谷不覺太陽西下林鳥爭棲知是日暮四聽人馬的

聲。已寂然無聞便鼠步蛇行小心翼翼步出籠畔一瞧不見爻在。

初疑其入林躱避乃四處呼叫都沒有荅應的聲心就知道被兵捕去。

且悲且憤卽潛回自己家中將家中庶務託下親鄰照料宿了一夜次

日黎明卽起梳洗已畢卽束裝起程遠適友家。一面覓地藏身一面託

人探訪其爻消息及至友人家裡甫坐下茶煙未畢卽有人來報道。今

日城內貼有一張新告示乃出賞格拿人的可謂奇怪得狠其詞曰。

　　玆有逆匪　　名亞魯拿。　大逆不道。　藐視官家。　官兵勇士。

第三回

29

第三回

你這班野蠻的兵士呢。所以打得落花流水未及一回合。那些兵士有等頭傷手損有等足斷牙崩有等魂不附體蹶跌地下有等當堂死亡。有等聞風潰敗死傷逃亡不一而足那些殘兵見勢不好知道不是敵手。祇得隨退隨打走回營去稟告倪士勒起齊人馬然後再作道理當這班野蠻兵士跑走去後亞魯拿靜心一想。知道必有後患便向其父跟前請其牽牛回家。避此凶禍父子二人正在商量間忽然倪士勒點齊人馬風馳雲捲跑將過來。亞魯拿聞此風聲心便明白起來。即匆匆忙忙扶持其父同入山谷躲避誰知渠父風燭殘年顫于疾走且老人的心又恐耕牛落于他人之手。所以遲疑莫決亞魯拿見勢已追無可奈何先自跑去其父則緩步而行。不知那倪士勒親率人馬追趕前來。急於星火惟不見了亞魯拿的踪跡大失所望遂一面派兵搜尋一面將其父綑縛拿去及解到營的時候不審不訊祇亂拷亂打。打得皮開。

十五

28

第三回

無容多說。拿去孝敬我首相纔是。亞魯拿的父見他人強馬壯無理橫

行衹得善爲說辭再三求免亞魯拿在旁見其如此強暴即進前罵道。

你們馬屎憑官勢白日青天亂劫亂奪尚有人心麼究竟是何等憐人。

快些報上放下我牛便是兵士怒道你這無知蟻民瑞士賤種你今日

還不知我倪士勒的精兵麼快快把你的耕牛與我不得多言如若不

然我們就俾些利害你看亞魯拿一聞倪士勒的名便咬牙切齒恨不

能把他肉化爲灰骨化爲塵今見其兵士如此野蠻舉動如此恃勢欺

人更爲火上添油怒難自禁又厲聲喝罵道你們走狗助紂爲虐殘害

牛民劫奪財物已罪惡彌天了我的耕牛尚欲入你彀中是何奢望我

真真實實對你講好好將牛放下跑去便罷若再搖唇弄舌不知變計

當飽以老拳兵士聽罷怒不可當便磨拳擦掌相打起來怎估道亞魯

拿係有名的打手自小好習拳脚工夫練得滿身武藝一能敵百豈怕

十三

27

第三回

頁未耜適彼南畝。以爲鋤雨犁雲計遂牽牛儕往父子二人。亦趨亦步。

隨走隨談。不覺到了自己的隴畔乃相與同力合作足胝手胼亞魯拿

的父雖是一有氣有力的人但年近古稀精神也難免有些減損況時

當正午。雨晴日麗炎熱逼人操作之餘揮汗如雨不得不休息小頃遂

暫停未耜憩息于林木陰中父子二人。互談世事嘆故國之淪亡恨強

鄰之壓制正在談吐間忽然喧譁之聲如驚波怒濤大有千軍萬馬的

勢不知就是日耳曼權臣倪士勒的兵士行經此閭這些兵士非常殘

忍久著大名好似城狐社鼠作威作福刼奪人家的財物強姦人家的

妻女甚麼極大罪極兇惡的事無所不爲當下洶洶湧湧來至林下見

了亞魯拿的耕牛就動起那刼掠的野心來便將牛牽執欲行帶返不

計物之有主那時亞魯拿的父上前攔阻間道各位老兄此牛是我的

緣何拿去願聞其詳兵士齊聲答道這隻肥牛甚合我們首相的心意

復叮嚀一番乃行當下維霖惕露夫妻父子三人喜形于色相與商量

計策以俟亞魯拿如何接濟共建驚天動地的奇功正是

　　蛟龍不是池中物　　得挾風雷撼九天

欲知後事何如且聽下回分解

第三回　殘忍兵恃勢奪耕牛　　愛國士傳檄招人馬

　　詞曰　涙如泉。　問皇天。　中興故國在何年。

　　　　鑿我井。　耕我田。　自耕自食也安然。

　　　　　　　　　　　　　　　　右調雙紅豆

　　　　　　　　　誰揚祖逖鞭。

　　　　　　　　　林泉養志堅。

第三回　　　　　　　　　　　　　　　　十一

却說亞魯拿回家後自然將這些意思暗中商知同志各集黨羽以圖

恢復我且不表適一日雲濃似墨雷乃發聲好雨知時農家慰甚甘霖

降後那耕田的人皆荷蓑荷笠有事西疇此雨後有人耕綠野的景象。

不在話下且說亞魯拿的父也是世代耕田的人是日便率亞魯拿同

第二回

十

時已至。機會不可失。休更遲疑濡滯。我輩日望足下投袂而起。有若大

旱之望雲霓倘首舉義旗誓必生死相隨同甘共苦務使驅彼異族復

我疆圉維霖惕露又答道足下之志固願可嘉然祇知一而不知二我

我呴天空氣生存以爲世界的人固當盡我所以爲人的責任存愛國

輩。不獨貽笑後世。且我之全族必

的思想。所慮輕舉妄動。有如驅羊飼虎。

更加一層苦楚。若非十分謹慎。計出萬全。斷難有濟。據現下大勢而論。

祇恨全志無幾。倘勉強糾聯烏合之衆。何足以當他久練之兵。事一瓦

觧徒死何益須先搜羅好漢英雄待時乃動然後旗開得勝馬到功成

了。亞魯拿忙荅道日耳曼苛政至今已極凡我瑞士國民無不痛心疾

首。我平日已結識得許多志士倘傳檄一呼十萬之衆咄嗟可集爾時

足下爲大元帥而僕佐之義師一到誰不簞食壺漿以迎請速振雄圖。

毋依然兔守說話間不覺東方將白茅店鷄鳴不得已握手作別瀕去

原來是維霖惕露最知交的朋友。姓穆勒得木名亞魯拿生得身軀碩
大鼻如懸膽眼似銅鈴面赤鬚長人擬爲三國關公再世也是瑞士國
一雄才大畧的人見面後茶煙既畢分賓主坐下握手道故維霖惕露
便詢以有何要聞亞魯拿長吁一聲奮奮然道日耳曼佔我土地奪我
貨財奴我人民絕我生計且束縛箝制的手段愈出愈奇聞昨日有人
在路上適値其官吏經過爲禮稍遲遂被拘去開堂審訊笞杖交加復
拍案罵斥其人爲瑞士賤種應爲日耳曼的奴隸奴隸在主人面前。
而不速速行禮應絞遂押往法塲正法可謂死得可憐我瑞士人。
憔悴于虐政竟至此極來日方長奚堪設想試問古今有這般法律有
這般政刑否兔氣漫空慘無天日今不起義更待何時說罷兩目圓睜。
怒氣勃勃。三人聞其說莫不咬牙切齒奮不可當維霖惕露便道足下
如此着急其果欲我即行舉事抑俟徐徐乃發亞魯拿挺身拍胸道天

第二回　　八

之。今我亦同是亡國流離的人。恢復舊那兒亦應佔一份的。今雙親

作楚囚相對痛哭中庭也是無用。試問哭得走這些日耳曼人否何不

早日行事以復我們的仇雪我們的恥兒雖不肖亦誓為國家盡力榮

辱生死置之度外。倘得恢復故國。縱以兒七尺的身作國民犧牲兒亦

是情願的。如老人家尅日傳檄與兵。兒決執戈隨侍在右。功成則咸蒙

其福。不成亦父子留英名於萬古。不知老人家主意以為何如呢。那維

霖惕露見其妻子皆同心。愛國不禁轉悲為喜。舉頭對天道。皇天皇天。

須鑒我們今日的苦心。倘你不欲盡奪我們生機。默助我們早日成

此大事。三人正在談論間。俄聞隔垣犬吠。似有人來。繼聞躞蹀之聲自

遠而近維霖惕露一生極為謹愼。當茲人靜夜闌之候暢談國事。本屬

秘密。何竟有人來之聲。未嘗不動起猜疑。因着其子華祿他開門一

瞧。誰知果是佳客相訪。延之入戶。彼此相見。歡慰異常。你道此人是誰。

22

陰謀遠慮。勢非盡絕我瑞士人之生機不止以故心似轆轤傍徨失度
卿知其故當亦爲我不平其妻聽了這番說話便婉容苔道妾聞日耳
曼皇子亞路霸專用其佞臣倪士勒的詭謀煽其凶燄作福作威蹂躪
我錦繡山河催毒我同胞種族神人同嫉天地難容彼雖恃其目下富
強然冥冥中豈無主宰俟其惡貫滿盈我國民義旗一舉必有天助爾
時雪我仇恨復我邦家伸吾主權誅其孟賊又何樂而不爲請暫怡怡
休徒悻悻言罷不覺紅淚雙行斷續于芙蓉臉上恍若梨花帶雨不勝
悽愴之情形看官須知這等愛國說話非同小可竟出自婦女之口試
問當今世上能得幾人甚而所謂其鬚眉壯氣之男子果能及其萬一。
否當下其子華祿他在旁聽得父母這番說話又見其含悲隕涕奮激
異常也亦動起自己滿腔熱血來即走進雙親面前昂昂然道老人家
憂時憂國情見乎詞兒雖小子無知然未嘗不知天下與亡匹夫與責

第二回

七

第二回　　　　　　　　　　　　　六

來。愁鎖雙眉不像平時的歡容笑貌如痴如醉不語不言乃啟櫻桃口。

吐蘭蕙音嬝嬝婷婷不慌不忙向前問道良人素懷大志卓越恆流尋

常喜怒不形于色世間聲色貨利絕不動心豈因橫逆相加致動其浩

然之氣今鬱鬱不平究為何事莫非被人凌辱抑或所談國事意氣不

投然道理究竟各有見解多一番討論則多一層見識何必如此介意。

妾自適良人後逝水駒光已歷卄稔從未見有不豫色者今竟若此寶

綠底事願得其詳妾亦有一知半解或可代為分剖未定當下維霖惕

露聽罷其妻之言搖首嘆道我之心事卿所素知故愁容非出於無

故我試為卿講及適纔間與這些親友晤談擬恢復故國重整山河他

們皆心熱如火躍躍欲起。故我的救國心懷倍加着急甚欲從速舉事

惟既苦無糧無械又苦同志寥寥四顧茫茫罔知所措且披今日之新

聞紙說道日耳曼又在我亞利他地方建置都城派以重兵戍守度其

20

欲知後事如何。且聽下回分解。

第二回　對妻兒同心談國事。　與朋友矢誓復民權。

詞曰

無邊壓力掣羣生。　國將傾。　恨難平。　攬轡欲歐范

滂欲澄清。　共憤神州恢復志。　凡有志。　竟能成。

右調江城子

第二回

都說維霖惕露退回內宅後。滿腔懷抱搔首踟躕。妻子于襁褓前問候幾忘

其夫縱談天下事。指古今得失侃侃而陳。果有卓見。維霖惕露亦為之

心折。生一子名華祿他僅十餘歲。已是大方舉止表表不凡。頭角崢嶸。

應對其妻雖生自農家也。知書識字。素明大義。遠勝于襁褓男兒。每與

畏人于千里之外。平日習聞父母言論。即有一種愛國的思想結而不

解。儼然亦以克復瑞士故土為己任。且恪遵庭訓。識者于以知維霖氏

之有兒也。閑言不表。書歸正傳。話說那維霖惕露之妻。見其夫此回歸

五

第一回　　　　四

漸漸有些知音偶一日茶餘飯後向眾人說道我輩好好的祖宗舊國。今竟掌在日耳曼人手裏同胞國民已爲他人牛馬不知何時得克復。故國整頓過一番國是創立過一番共和政治再造回一瑞士富強之。國不知眾位同胞果有此思想未有呢各人聞其激昂慷慨之言皆怦怦欲動熱血澎湃面紅耳赤起來齊聲苔道我等雖一匹夫然國家爲民所成我們各佔有一份的怎肯眼睜睜送與他人呢望守時機。他日果有舉動我等雖赴湯蹈火亦矢誓執鞭以從維霖惕露見各人如此同心如此憤激便歡天喜地點頭自思道我是一個農夫雖有此心恨無此力。必須更聯同志蒐集能人方做得出這驚天動地的事來。于是以好言再慰勉各人一番便自己退回內宅徐籌良策以圖興復。正是。

強鄰雖啟無厭口　志士難忘雪恥心

18

第一回

此慘烈謂可悲否果然物極則反瑞士的國民不盡死心塌地故天生
一位同種的大英雄大豪傑拯其塗炭當時瑞士烏黎地方有名維霖
惕露者世居魯沙尼湖上該處山青水秀風景佳絕久已膾炙人口有
如此好地方故出此好人物昔人所謂人傑地靈者不其然乎那維霖
惕露生得厚背圓胸雙目如電身軀雄偉氣宇魁梧且襟期活潑臨事
不苟隨機應變個儻權奇見之者罔不知其為非常的人將來一定幹
一番非常的事業渠家有田園自耕自食每當閒暇時候便跑向山上。
射飛禽獵走獸或乘舟浮海破浪乘風日以為樂以故水性熟諳箭法
超常我們中國人所謂羿善射奡盪舟的利害維霖惕露可兼而有之。
其為人又甚慷慨見親戚故舊之貧窮無告者時濟其急或邀至己家。
解衣推食皆無少吝平日胸懷大志熟爛戰策兵機練得滿身武藝有
時與其親友暢談將瑞士地圖繪出指某處宜攻某處宜守以故各人

三

17

第一回

二

及。愛國的心志如何。有等當危急存亡之際。往往有許多英雄好漢生
於其間。以致危而復安。亡而復存。死而復生。此皆英雄好漢之本領。而
亦國家之洪福也。故古往今來不知多少驚天動地的英雄好漢。但各
有各的出處各有各的時機。各有各的用心。各有各的成就。豈可一概
而論閒話休談。且說西歷十二世紀。卽中國元朝元貞年間。時候歐羅
巴洲中央的地方。有一小國名曰瑞士。被強鄰日耳曼國所佔。那日耳
曼之王名羅德福。見已經得了瑞士。卽命其太子名亞露霸者。前往統
管那些地方。誰料亞露霸甚無道。殘暴異常。又有一權臣姓希路曼名
倪士勒同濟其惡。此人不特阿諛謟媚。且陰險貪鷙。凡亞露霸刻剝百
姓的機謀。皆其策畫。人擬之爲虎倀。此時瑞士國民見自己已經國破
家亡無可籲告。惟有聽其施苛政行酷法。任日耳曼人斥爲牛馬奴隸。
悉下心低首飲恨吞聲。不敢與較。看官試看這些亡國的人受制到如

16

政治小說 瑞士建國誌

廣東　鄭哲貫公著
李繼燿校字

詩曰

萬里孤身蹈海涯
揮毫聊寫與亡事
寸衷已作浪淘沙
不計貽譏小說家

第一回
詞曰

異國官毒下害民手
與亡自古戀民氣
耕田佬大有愛國心
天也何尤　人也何尤　木落鳳
狂瀾眼秋　何時一舉民權復　生也自由　死也自
由　國也巍然立五洲
右調柔桑子

第一回

話說自開天闢地以來世界上不知幾多那國其中與衰隆替旋強旋
弱或存或亡著又不知凡幾惟與亡之理全在其國中人民之愚智與

一

15

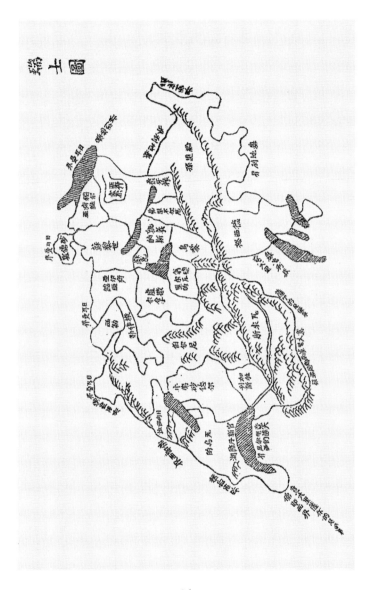

14

瑞士國計表　西歷二千九百年者（卽中歷光緒卄六年庚子）

土地　　　一萬五千九百七十六方英里
人口　　　三百十一萬九千六百三十五名
賦稅　　　三百八十一萬一千零九十八磅
歲支　　　三百七十六萬四千三百九十八磅
國債　　　四萬磅
各省合債　一千萬磅
出口貨額　三千一百八十三磅
入口貨額　四千四百一十三萬三千九百五十三磅
額兵　　　一十四萬八千四百三十四名
預備兵　　八萬五千六百七十六名
後備兵　　二十七萬五千名

目錄

十

12

政治
小說
瑞士建國誌目錄

目錄

11

例言　　　　　　八

一政治小說。關係新政甚鉅。他日若有暇晷。當再取外國故事。譯而著
之以繼閱者之興。

一是書可以多分回目。旁及瑣事。惟無關要緊者。不若刪繁就簡之爲
愈。故僅分十回紀其元要。

例言

一是書故事初由西文譯爲日本文復從日文譯其意著爲小說轉接
之多。增删遺略在所難免然小說不比正史事不必盡有而理不可
無總求描情寫景明白了利爲近恉。

一小說以能開拓民智激憤人心爲貴是書之作非徒敷衍筆墨寶于
人心世道大有裨益。

一是書雖譯外國之事所有西歷時候亦從年表攷出中國時候以對
証之隨註于脚。

一書中地名人名俱是譯音必加一記號于旁凡地名側有雙直線。
（＝）人名側有單直線（一）

一瑞士自建國後其政體乃民主立憲一切制度另有專書惟其邇年
國計姑譯一表列諸篇首以爲留心政治者知所攷求。

例言

七

序

六

然當未恢復舊勢之先。寄人籬下。且干戈擾擾無寸地乾淨土之秋。

哭天陰畏人于千里之外。是時雖有千里馬與四方志。亦莫敢南從意

大利北向日耳曼而一登亞律士山。（瑞士山名）或取道澳大利法

蘭西而一游魯沙尼湖洞。（瑞士地方）又何風景幽絕之足云嗚呼。

偉人救國有志竟成甚而風景山川亦不遺餘力聲名文物固不盧傳。

即其國家政治學術之文明更不言而喻也雖然吾人今日之仰慕瑞

士安知他日無人仰慕我中國乎今之視昔猶後視今維霖與我同是

人也英雄豪傑豈有種乎他山之石可以攻玉覽是書者其亦知著者

之用意而聞雞起舞則幸甚是爲序

壬寅　八月　二十　日鄭哲貫公炎序於香海之文明齋

8

自序

談絕世偉人。今日莫不以華盛頓拿波侖爲首屈一指謂其能崛起宣威于美法也然先乎二氏而建驚天動地之業救國安民之功。如瑞士之維霖惕露者竟無聞于人間世究何以故無他未知瑞士當年之事。

偉人當日之勞耳夫瑞士位于歐羅巴洲之中央間于澳法南連意大利北界日耳曼當十二世紀（卽中國元朝元貞年間）之際爲日耳曼所屈壓力無邊生靈塗炭而維霖氏恥之起而倡建國之議卒恢復山河整頓國是人存政舉吃立羣雄角逐之間民主共和萬年不朽不

審惟是文明舉動多起點于其間如赤十字會萬國公會交通郵政會等。以瑞士爲首執牛耳使非有出類拔萃之偉人如維霖惕露等者曷克臻此然則維霖氏威名之隆與華拿映輝夫前後豈不盛歟抑吾又聞之。瑞士之山川風景爲歐洲巨擘從事游歷者莫不首途于彼都焉。

序

五

序　　　四

議論之精新。悲天憫人之苦志。觀其著作。可以定評。更不俟余之饒舌

褒獎也書成聊弁數語以誌不忘壬寅桂月李繼燿謹識

校印瑞士建國誌小引

小說之多。不可勝數小說之為益。不可勝言惟我中國政治小說如晨星

之落落每欲得一善本足以發聾振瞶。有補民智者甚不可得余友買

公亦抱此志去歲余識荆于日本。嘗與談及余屢促其擇一東文善本。

譯而演之買公以主持報館之筆政不暇旁及。繼而余返香港而買公

又得港報之聘買掉歸來。余喜交綫之妙行止相覿遂叩以遠敎後有

何大著買公卽從行篋中出瑞士建國誌稿示余余展卷一觀知是政

治小說慰如下繫。卽求其付棗問世買公以未經潤色辭之。延至今日。

求之再三始許付諸剞劂余細爲校訂以助萬一之力菁中理明詞達。

壯快淋漓如暮鼓晨鐘發人深省自有閱者鑒之余不暇述至論買公

序

三

序

人民論間世。以開民智而鼓民氣。今復關心於小說一端入人深而感

人易嘗譯摩西傳風行於時近復取瑞士建國之事譯而演之余讀其

書悄悄然悲感激憤發有不能自已者夫瑞士隸於日耳曼之時種種

壓制仰他人之鼻息幾無人理國中偉人維霖愓露振臂一呼國民振

起。卒脫異國之羈勒恢復固有之疆宇共和立政獨立地球以迄今日。

與美利堅而媺美蓊爾彈九列強環立無敢侮之者且能倡文明政會

執各國之牛耳詎不懿歟以視以二萬里幅員之廣四百兆人民之眾。

而低首下心甘爲奴隸而不求脫羈勒者庶幾知所與起矣異日者吾

同胞之四百兆感發振興步武瑞士而與列強相角逐則此書之功也。

覩國者又視吾中國之人心風俗政治恩想何如。九皇六十四民之後

裔趙必振曰生氏序於日本之爭自存齋

二

政治小說瑞士建國誌序

世運日新文明大啟學堂林立報館櫛比開智之道亦幾無遺論者謂

小說一端爲功尤鉅獨立自由之代表愚夫匹婦之警鐘泰西哲學家

有言曰入其國問其小說何種盛行即可以覘其國之人心風俗政治

思想盲哉言乎中國之有小說由來已久絕無善本而家絃戶誦者非

西游封神之荒唐則紅樓品花之淫艷而所謂七俠五義之類詞既鄙

俚事亦荒謬或謂水滸一書稍有國家思想亦鳳毛麟角矣吾聞泰西

之小說不可以數計而其宗旨則大異於吾中國操觚之流竟至謂英

美德法各國之振興咸歸功於此日本維新之時亦汲汲於小說以開

民智小說之功亦誠偉矣吾中國憂時之士有鑒於此欲其驚才絕學

俯而就之一洗舊日之習以震動國民之腦筋爲宗旨佳人奇遇經國

美譚累卵東洋之類接踵而起小說之宗派爲之一變吾友賈公旣著

序

一

3

2

政治小説

瑞士建國誌

1

룽희원년십월삼십일인쇄
룽희원년십월십일일발행

판권
쇼유

번역자 황셩박문셔관 김병현

발행자 로익형
　　　황셩남대문니샹동

발민쇼 로익형책사

인쇄쇼 정동활판쇼

뎡가금십오젼

특별광고

○ 본셔관에셔ᄂᆞᆫ 외국신구셔젹을 광구슈입ᄒᆞ와 학교슈용을 공급ᄒᆞᆷ

○ 본셔관에셔ᄂᆞᆫ 각죵셔젹출판소와 특별호 약죠를 뎡ᄒᆞ고 공부ᄒᆞ시ᄂᆞᆫ 졔군 즈의ᄒᆞ도록 무숨셔젹이던지 쳥구ᄒᆞ시ᄂᆞᆫ디로 슈용ᄒᆞᆷ

○ 본셔관에셔ᄂᆞᆫ 우편으로 쳥구ᄒᆞ시ᄂᆞᆫ 셔젹은 비달우료를 본관에셔 쟈당ᄒᆞᆷ

○ 본셔관에셔ᄂᆞᆫ 국ᄂᆡ각쳐 잡지월보를 일졀취초ᄒᆞᆷ

○ 본셔관에셔ᄂᆞᆫ 부쇽활판부를 특셜ᄒᆞ고 각죵명쳡과 인쇄를 신속ᄒᆞ고 지렴 ᄒᆞ게 슈응ᄒᆞᆷ

○ 본셔관에셔ᄂᆞᆫ 좌긔셔류를 발ᄆᆡᄒᆞᆷ

죵교、력ᄉ、디리、졍치、법률、실업、경졔、어학、과학、소셜、문예、 등셔류와 각죠교파셔류

○ 본셔관에셔ᄂᆞᆫ 각항학교용품도 발ᄆᆡᄒᆞᆷ

(동상셔남셩황) 박문셔관 (로의형칙人)

53

국을 엿불형셰가 잇스니 여러나라이 다두려워ᄒ고 공경ᄒ여 서로왕ᄅ ᄒ
며 밍셰를 밋으며 언약을 셰우고 지금각국의 격십됴회와 만국공회와 만국
에 교통ᄒ는 우뎨ㅅ지라도 다 셔ᄉ국이 쥬쟝이오 ᄯ훈 산쳔풍경이 졀승ᄒ
여 봉린션경과 ᄀᆺ든고로 각국의 구경ᄒ는 사람들이 명승지디를 의론ᄒᆞ미
반드시 셔ᄉ국을 일커르니 진실노 일홈이 동셔양에 가득ᄒ고 ᄯ훈 빅셩
이 가급인죡ᄒ여 쾌락훈 긔샹이 사람으로 ᄒ여곰 한번만보면 그 문명졍치
와 풍쇽인심을 칭찬안이리 업스니
뭇노라 여러 사람들이여 셔ᄉ국에 이일이엇더ᄒ뇨 아지 못ᄒ게라 우리대한
사람은 어늬날에 이곳티 쾌훈디경에 이르리오 셩각ᄒ건디 셔ᄉ국의 도디
와 인민이 우리대한의 졀반이로되 오히려 강훈 나라를 안이셤길뿐 안이
라 ᄯ훈 능히 발연이 독립ᄒ여 강국으로 ᄒ여곰 두렵게 ᄒ니 엇지부럽지
안이ᄒ랴 슬푸다 우리빅셩이여 안으로 졍치의 압졔ᄒ미 심ᄒ고 박으로 외
국의 핍박이 급ᄒ여스니 이디경을 당ᄒᆞᆷ 엇지졀통훈 셩각과 분훈마음이
업스리오 원컨디 사람마다 분발ᄒ여 유림쳑로의 ᄉ업을 효측ᄒ여 ᄋᆞ국심
을 길러ᄂᆞ고 긔회를 인ᄒᆞ여 퇴평을 도모ᄒ지어다

52

엇도다 이사람의자최가 망연흠이여 구슬곳튼 눈물이 옷깃을 젹시는도다

하늘긔동이 썩거짐이여 풍우가 쇼실흠도다 한사람이 경소가 잇심이여

억죠 빅셩이 힘입엇도다 영웅의일싱경영이여 이째에 비로소 아루엇도다

공의한번 죽음이 다시여한이 업심이여 썩지안일터를 지엇도다

대업을 셩공흐고 도라감이여 쳔고에 쏫다온일홈을 머물러도다

분을 이믜다흐엿스니 공이무엇이 슯흐리오 양양흔 괴폭은 독립의빗을

날리고 징징흔 쇠북은 자우의소리를 울리는도다 셰스국빅셩들이 비로소

잠을쌔엿심이여 공의도으심을 바라노라 오호인지상향

읽기를다흐미 서로유림쳑로의 평싱수업과 일단츙심을 무수이 칭찬흐다가

드디여 손을난와 쟉별흐니라 각셜셔스국 조뎡사람들이 유림쳑로의 쳔신만

고흐여 나라회복흔 졍셩을 분밧어 힘을다흐고 마음을 극진이흐여 졍스가

크게다스리고 곳곳이학교를 열고신문샤를 비셜흐니 빅셩의지혜가 날마다

열리여 인국흥는 싱각이스스로 나탄흐니 무슴일을 쟉졍흘때는 샹즁하의원

에 들어가 공졍흠을 좃쳐일을판단흐고 합당흠을 살피여츄호도 부졍흔일이

업스니 빅셩이 졈졈강셩흐고 풍속이 아름다워 날로진보흘뿐더러 (도훈) 각

51

으로 됴샹ᄒᆞ고 인ᄒᆞ여 쟝ᄉ흘식 곳곳이 제물이요 ᄉ방에셔 호쟝ᄒᆞᄂᆞᆫ 사람

이 진실노 셔ᄉᄉ국 긔벽ᅡ리로 처음보ᄂᆞᆫ비라 아름답다 유림쳭로여 살아셔

ᄂᆞᆫ 국가를 회복ᄒᆞ고 빅셩을 구원ᄒᆞ여 사람마다 ᄉ랑ᄒᆞ고 집집이 쳥숑ᄒᆞ며

죽어셔ᄂᆞᆫ 샷다온 일홈이 텬하에 이목을 진동ᄒᆞ니 비록 텬ᄉ의·부귀와 왕

후의 공명이라도 가히 더브러 비교ᄒᆞ지못ᄒᆞᆯ너라 아로나―여러 영웅과 젼국

인민을 거ᄂᆞ리고 무덤압헤 나아가 제ᄉ흘식 제문 일쟝을 지어 여러 사람으

로 더브러 소릭를 한가지ᄒᆞ여 분명이 읽으니 그 졔문에 ᄒᆞ엿스되

시운이 불힝ᄒᆞ고 국가가 위틱홈이여 ᄉ직이 기우러지고 빅셩이 도탄에

들엇도다 뉘능히 고국을 회복ᄒᆞ고 원슈를 물리칠고 약훈고기를 강훈놈

이먹음이여 궁ᄒᆞ면 반드시 동홈이잇도다 란리가나야 튱신을 알음이여 하

날이 영웅을 내엿도다 오직 싱ᄉ를 불고ᄒᆞ고 강훈 도젹을 물리쳣도다 갸

록훈 사람의 ᄯᅩᆺ세움을 싱각ᄒᆞ니 결단코 몸을 죽이여 의리를 일우엇도다

쟝훈ᄯᅩᆺ을 임의 갑허심이여 국가를 회복ᄒᆞ고 빅셩을 구원ᄒᆞ엿도다 옛말

에 일러스되어진쟈는 반드시 샹슈ᄒᆞᆫ다 ᄒᆞ더니 그딕는 엇지ᄒᆞ여

인간을 하직ᄒᆞ엿ᄂᆞ뇨 오려를 향ᄒᆞ여 머리를 도리키나 산은ᄯᅥᆨ나고 물은맑

거흠을 스스로 측량치못ᄒᆞ엿더니 싱각ᄒᆞ건티 이몸이 당년에 일을 일우지못
ᄒᆞ고 위틱흠을 면치못ᄒᆞᆯ때에 사람의 우음만 취ᄒᆞᆯ가 념려ᄒᆞᆫ다가 오날날 황
텬이 하감ᄒᆞ샤 고국을 회복ᄒᆞ고 일싱의 장훈ᄯᅳᆺ을 일우엇스니 족히 스스로
위로ᄒᆞᆷ죽ᄒᆞᆯ도다 왕스를 싱각ᄒᆞ고 탄식ᄒᆞᆯ제 홀연 혹운이 니러나며 풍우가
대작ᄒᆞ니 [유림쳑로ㅣ] 이 졍형을보고 문득 쌀리 집으로 도라갓더니 홀연 눈
은벼이 침노ᄒᆞ여 샹에 눕고 일지못ᄒᆞ니 슯흐다 대쟝부 셰샹에 거ᄒᆞ여 직분
을 다ᄒᆞ고 스업을 일우엇스니 하날이 명ᄒᆞ시ᄂᆞᆫ빈라 의원과 약이 엇지능히 구원
니 진실노 사람의 싱ᄉᆞᄂᆞᆫ 하날이 쾌ᄒᆞ다ᄒᆞᆯ것이요 병셰가 이곳치 쳠즁ᄒᆞ
ᄒᆞ리오 엄엄ᄒᆞᆫ 긔운이 셔산에 걸린날과 ᄀᆞᆺ혼지라 삽시간에 모호ᄒᆞᆫ말ᄒᆞ노 그디
죠를향ᄒᆞ여 닐ᄋᆞ디 무수혼 텬신이 구름을 듯고 샹압헤 일으러말ᄒᆞ되 그디
가 나라를 회복ᄒᆞ고 빅셩을 구원ᄒᆞ여 쟝부의 칙임을 다ᄒᆞ엿스니 반듯시여
한이업슬지라 말을맛치지못ᄒᆞ여 눈이아득ᄒᆞ고 긔운이진ᄒᆞ니 쳐ᄌᆞ의 인동ᄒᆞᆷ은
라ᇰ더라 모름이 인간을 하직ᄒᆞ고 텬샹에 올나가 쾌락ᄒᆞᆫ 셰계에 거ᄒᆞ
말ᄒᆞ지말고 젼국 빅셩이 남녀로쇼업시 황황 분주ᄒᆞ여 부모초샹을 당ᄒᆞᆷᄀᆞᆺ
고 샹즁 하 삼등 의원과 익국당 여러쟝ᄉᆞ들이 다 쇼복ᄒᆞ고 나아와 통곡

49

니 척을 디호미 셩현으로더브러 벗을삼고 밧을 갈미 쳐즈와 한가지락을 일
우니 가히 평디신션이라 호리로다 셰월이 사람을 지촉호여 늙음이 쟝춧
이를 반성의 분슈흥을 싱각호니 국가를위호여 수고를 스양치안코 나라를
회복호여 인민으로 더브러 틱평을 누리니 빅셩된직분을 만분지일이라도 갑
흐스티 영웅의 긔운이 오히려 쇠호지아니호고로 스방을 차지호고 셰계를
삼킬듯이 근절호니 이는 고금영웅의 썟썻흔일이라

각셜유림쳑로ㅣ 창자에 구득호회포를 풀지못호여 죽쟝망혜로 헛흔거름을 지
어 풍경을 구경호여 심스를 위로홀싀 아춤으로브터 황혼에 니르러 문득
아물스산에 올나 눈을들어 스방을술펴보니 우흐로 대셔양이오 아리로 디즁
히라 져문긔운은 삼삼호고 늣즌바람은 슬슬호딕 빅운은 련락호여 산으로
도라들고 락일은 몽롱호여 물에 잠기눈지라 허다흔 경치를 구경호며 강기
흔 심회를 더욱 금치못홀지라 인호여 산에나려가며 탄식호되 내가 쳔고 영
웅의 스젹을 샹고호면 처음에눈 항샹 곤궁호여 뜻을 풀지못호고 타인슈욕
을 밧을다 경애눈 내가 당호듯호여 피가 쓸코 분격호다가 그뒤에 혹 긔회를
엇어 운수가 둇달호고 스업을 셩공홀때는 내가 또흔 그 사람을 위호여 깃

녀 업시 일제히 영졉홀식 길이 막히고 산이 덥혀 길기는 소린 텬디에 가득
ᄒ더라 유림쳑로ㅣ 고국에 도라와 도읍을 다시 셰우고 샹즁하심등의 원을
비셜ᄒ고 공회졍치를 셜시ᄒ니 의원이라홈은 무엇이며 공회졍치는 무엇인
고대뎌지식인는 사람을 ᄢᅦ여 한디 모여 의론ᄒ는곳을 의원이라ᄒ고 졍ᄉ
를 다곳미 이구이 스스로 쳐단하코 여러의 론이 한다훈 여후에 그 일을
행ᄒᆞ는 법을 공회졍치라 홀이라 ᄯᅩ 사람을 쓸시 길갓에 둥읍달고 여러사
람의 소원디로 쓸만훈 사람의 일홈을젹어 득명ᄒᆞ여 일홈만훈자로 벼슬
을 식이니 젼국빅셩이 다 흔흔ᄒᆞ여 이마에 손을 언짜 경ᄉ를일ᄏᆞ르며
우리가 나라를 회복ᄒᆞ고 우리가 조샹달ᄒᆞ로 펴듯훈 권리를 어어시며 타인
의노예로면 ᄒᆞ여스니 거쳐가 평안ᄒᆞ고 싱활이 길겁도다 국운이 새로으니
이구파 비셩이 ᄒᆞ가지 회락ᄒᆞ도다 일ᄏᆞ르며 사람마다 쳥숑ᄒᆞ여 익국심이
가졀치 아ᅵ리 언다 국ᄉ를 졍돈ᄒᆞ미 여러사람들이 유림쳑로를
공쳐ᄒᆞ여 춍둑을삼으니 유림쳑로ㅣ 어믜쟝훈 ᄯᅳᆺ을이루미 마음이가득ᄒᆞ고싱
각이 만족ᄒᆞ여 결단코 벼슬 의영화를 ᄉᆞ양ᄒᆞ니 여러 사람이 비록 사랑ᄒ
여 권ᄒᆞ고 만류ᄒᆞ되 굿이 나가지안코 고향에 도라와 산림에 자최를 의지ᄒ

47

여러군스가 긔강이 업는지라 심중에 크게 깃거ㅎ여 서로 마져듸뎍ㅎ올싀 슈

십여합에 승부를 난호지 못ㅎ고 날이 또ㅎ 황혼이라 피초 군스를 것으고 잇

른날 또 즈웅을결단ㅎ올싀 일이만군스는 오죽살긔를 탐ㅎ고 죽기를 두려워ㅎ

너 엿지 의국당의 용밍잇고 셩스불고ㅎ는 군스를 당ㅎ리오 다만 도망ㅎ얏 싱

각 만 잇는지라 아로픠ㅣ 형셰위튀흠을 보고 혼불부신ㅎ여 두셔를 초리지

못ㅎ거늘 유림쳐로ㅣ 그뎍슈가 안인줄알고 군스를 호령ㅎ여죽기를무릅쓰고 쏫

치니 뎡히 눌빗은 쳠쳠ㅎ고 바람소리흉흉ㅎ듸 흰갈은 번긔를 요동ㅎ고 강

혼 활살은 구름을 헤처니 진실로 피초를 불분ㅎ고 셩스를 판결ㅎ싀라 벽력

굿티 진동ㅎ며 풍우굿티 모라가니제 비록 수쳔명이나 밍호압혜 닷는퇴긔

와 굿튼지라 곳 분분이 짓처모라 일이만 디경에 이르러 문득 아로픠을 불

러 이로듸 너는내의 약속을 드르라 일후는 감히침노홀 뜻을 두지말고 또혼

우리나라에 씻어간 권리를 돌러보내면 다힝 ㅎ려니와 만일 슌죵차안이ㅎ면

너의목숨이 시각을 견듸지못 ㅎ리라 아로픠ㅣ 즈긔군스의 피흠을보고 다만

머리를 굽혀 듸답ㅎ되 분부디로 힝ㅎ오리라 ㅎ거늘 드듸여 약속을 일일히 뎡

혼후에 승젼긔를 놉피날리고 무리를 거나려 도라오니 셔스 빅셩이 로소남

46

이노리를 맛쳐미 한사람이 불르면 쳔만인이 화답ㅎ여 사람마다 용긔가 발발ㅎ여 칼을 춤추며 장을 잡어 영졉ㅎ는쟈ー 길을 련ㅎ니 향ㅎ는 곳마다 인심이 바람을 좃차 응ㅎ는지라 아로가문에 이르러 일이만 군소로 더브러 맛나미 유림쳭로ー 군병을지휘ㅎ여 사방사 단진을배풀고 손에 한쌍도 치를들고 머리에 슌눈투구를 쓰고 몸에 황금갑을 입고 셧스니 위풍이 발발ㅎ여 기이 일티영웅이라 홀지라 진문에 나셔 크게 불러왈 너의 무리는 개 것튼 좀 죠라 죽을긔약이 당ㅎ엿스되 오히려 쌀리나와 항복지 안코 무수ㅎ 셩명을 다죽이기를 기돌이느냐 아로파ー 이 말을듯교 크게노ㅎ여 진문을 열고 나오니 손에는 죳웅검이요 몸에는 얼월갑이라 크게쑤짓어 이로되 너의무리가 감히 샹국을

코줏ㅎ느뇨 너의조샹도 무릅ㅎ을 굽히여 소와 말곳티 우리를 셤겻거든 하물며 우쥰ㅎ 물건이 용밍도업고 모쳑도업시 오죽 칼닷에 원혼만 될지니 만일손을 묵거 항복ㅎ여 너의죠샹의 쯧을 본밧지 안이ㅎ면 일졀함을몰ㅎ여 한 군소도 돌아가지 못홀것이니 그ㄸㅐ에 후회혼들 무슴유익홈이 잇스리오 아로파가 제 나라이 크고 군소만음을 밋을뿐이요 텬시와 인심을 살피지 못ㅎ고 스스로 교만방자ㅎ여 군소를 몰아 짓치거늘 유림쳭로ー 한번보미 교만ㅎ고 ㄸㅗㅎ

셔스건국긔　　　삼십칠

귀일기 어려움을 두려ᄒᆞ여 이에 노리일편을지어 여러사람의 ᄯᅳᆺ을 뎡ᄒᆞ고 용

긔를 도아ᄂᆞ니 그일홈은 동밍회복가라 노리에ᄒᆞ여스되

망국혼디경에 계교를 엇지ᄒᆞ고

을도라보니 눈물이 비긋도다 혹 하ᄂᆞ리 어질지못ᄒᆞ여 유리를 도읍지안이

ᄒᆞᆷ인가 반ᄃᆞ시 사람이나약ᄒᆞ여 힘쓸줄을 알지못ᄒᆞᆷ이로다 당당ᄒᆞᆫ 셔ᄉ국

이 개와ᄌᆞᆺ에 ᄇᆞᆲ힌배되엿도다 내 드르니 대쟝부는 사람의 슈욕을 밧지안

ᄂᆞ니 슯흐다 우리동포여 엇지 스스로 북그럽지 안이ᄒᆞ냐 용밍을 발ᄒᆞ

미 큰일을 가히도모ᄒᆞᆯ지니 강호 도졉을 엇지 죡히두려워ᄒᆞ리오 하물며

일이만은 ᄎᆡᆨ형무도ᄒᆞ니 황텬후토가 엇지 용셔ᄒᆞ리오 우리가 이졔 의병을

일으킨이 진실로 의리의 합당ᄒᆞ도다 하ᄂᆞᆯ을밧들고 인심을 슌죵ᄒᆞ여 도져

을물리치고 고국을 회복ᄒᆞ리로다 명년츈졍월에 길일을 ᄐᆡᆨᄒᆞ여 산ᄒᆡ긋흔

밍셰를 한가지 지킬지어다 만일 셩공처못ᄒᆞ면 ᄯᅩ죽 죽을ᄲᅮᆫ이로다 몸을죽

여 어진일홈을 뎐ᄒᆞᆷ은 쳔고영웅의 ᄯᅥᆺ셧홀일이로다 만번 쳔번 힘쓰는 우리

동포야 쟝부가일을림ᄒᆞ여 잠시나 지톄ᄒᆞ리오 익국ᄒᆞ는 마음으로 나아가

셩공ᄒᆞ고야 말지로다

44

비치홍고 여러사람을 명호여 소임을뎡훈 후에 산즁으로 향호여 련습홀시

유림쳑로ㅣ 여러사람의 용긔분발호여 암홀 다톰을보고 두리를

향호여 이로딕 우리가 젼쟝의일이 오날부터 시쟉호엿스니 졔군은 모롬직

이 힘을다호여 조금도 퇴츅치말지어다 모다응답호고 인호여 위초를뎡홀시

여러공론을 드러 유림쳑로로 대원슈를삼고 아로나로 대쟝군을삼고 화록타

로 션봉을삼어 각각 직분을뎡호니 사람마다 분발훈마음이 고국을회복지안

코는 죽어도 말지안이홀너라 각셜 일이만군스가 예스록이 여러날 돌아오지

안이홈을보고 소식을 탐문호다가 그죽은곳에 다달아 유림쳑로ㅣ

된술을알고일변은유림쳑로의 죵젹을 사실호고 일변은 예스록의 시신을 메

여 아즁으로 도라가니 이쩌 아로피ㅣ 여러군스가 호 신톄들 가져옴을보고

료량호되 이는 반드시 유림쳑로의 죽엄이라호여 만심환회호더니 쏘 예스록

의죽은졍형을 굿셰이들으미 방셩대곡호여 황황망죠호더니 군스ㅣ급히고

호되 익국당이 괴를 셰우고 군스를 일으킨다호니 아로피ㅣ대경대로호여 곳

졍병슈쳔을발호여 슈륙병진호여 졉응호더라 이쩌익국당이 물믈듯호여 날

노응호눈쟈ㅣ 부지기수라 유림쳑로ㅣ 헤오딕 사람이만흐면 마음이 잡되여

셔ᄉ건국지   삼십오

43

ᄒ고 무리를 향ᄒ여 말ᄒ되 내 이길에 그놈을 죽일것이니 쳥컨틴 소식을
기다리라 ᄒ고 씨씩ᄒᆫ 긔샹으로 산골을 향ᄒ야 ᄯ여나ᄂᆞ니라 이젹에 예ᄉ룩이
유림쳑로의 죵젹을 아지못ᄒ여 ᄒ로밤을 지닌후에 ᄯᅩ ᄯᆞ를싯 슈고를 싱각
지 안코 동셔 분쥬ᄒ더라 이ᄯᅵ 유림쳑로ㅣ 길가에 은신ᄒ엿다가 예ᄉ룩의
오는것을보고 ᄲᆞᆯ리 ᄒᆫ 활살을발ᄒ여 졍이 그 머리를맛쳐고 지ᄎᆞ쏘와 가슴
을 헤치니 슯흐다 예ᄉ룩의 목숨이 다시 어늬곳에잇ᄂ뇨 유림쳑로ㅣ 깃붐
을 칙량치 못ᄒ여 문득 길갓에 큰돌을향ᄒ여 긔룩ᄒ되 이곳에 피란ᄒᆷ과 이곳
에 두겨 쥬인일을 력력히 긔룩ᄒ고 인ᄒ여 노리를 블으며 도라가니 여러
무리가 그 ᄌ셰흠을듯고 ᄯ릴듯 날듯 츄추며 노린ᄒ니 그 길거흠을 엇지 다
긔룩ᄒ리오 훌연 ᄒᆫ 소년이 소리를 크게ᄒ여 이로틴 오날 비록 예ᄉ룩은
죽엿스나 그군ᄉㅣ 반드시 알고 아로픠에게 고ᄒ여 무슈ᄒᆫ 군ᄉ를모라 우
리를 잡으랴ᄒ올것이니 우리가 만일 예비치안코 불의지변을 당ᄒ면 두리건
딘 져군ᄉ를 당치못ᄒ가 ᄒ노니 쳠존은 쟝ᄎ 엇지ᄒ랴ᄂᆞᆫ잇가 모다보니
이는 회록타라 아로나ㅣ 곳 딘답ᄒ되 그맒이 파연 합당ᄒ도다 우리가 밍
셰코 졍신을 ᄯᆯ치어 원슈를멸ᄒ여 고국을 회복ᄒ리로다 이에 군량과 군긔를

젹시눈지라 손벽치며 칭찬호되 형이나라를 회복호고 번셩을 구원코즈 호

눈 졍셩이 지극홈으로 한덕에 빠졋다가 오히려 살기를 도모호엿스니 이눈

진실노 하눌이 감동호샤 우리를 도아 큰 일을 셩공케 홈이라 호고 인호여

슐을 들어 서로 권호며 달을 대호여 회포를 동챵케 호니 사람마다 유림쳑로의

부즈가 죽을디경에 살아옴을 보고 각가나와 위로호눈 슐을 권호고 인호여

유림쳑로를 향호여 일장연셜 호기를 청호거늘 유림쳑로ㅣ 소양치 못호고 단

에 올나 례필훈후에 웅장훈 목을 열고 류슈굿흔 소리를 발호니

말마다 군졀호여 인심을 겨동호눈지라 또 닐으딕 내가 몸을 버

셔나 가만이 도망호엿스니 예소룩이 반듯시 급히 쌀을 것이요 또 료량

컨딕 제가 아모산을 지나 아모길노 좃초 올것이니 내활을 슈습호여

길가에 숨엇다가 한활살로 그놈의 목숨을 취호면 이눈젼국의 다힝이오 빅

셩의 복락이라 호노니 여러분은 동심합력호여 고국을 회복호고 원슈를 갑

혼연후에 태평동락 호기를 바라노라 셜파에 만좌졔인이 손을 치며

칭찬불이호고 다시 슐을 눈호와 권호며 즐기니 듥의 소리가 새벽빗출 지촉

호고 붉은 날빗이 자눈사람을 일셰 우눈지라 유림쳑로ㅣ 문득 활과 살을 속쟝

셔스건국지

삼십삼

41

셔ᄉ건국지　　　　　삼십이

붉을 이긔지 못ᄒ여 곳 슈림시이로 향ᄒ여 그 아ᄃᆞᆯ을 ᄎᆞ질시 이ᄯᅢ 화록타
ㅣ깁흔곳에 잇다가 들니는 소리를 듯고 예ᄉ록의 ᄋᆞᆷ아가 의심ᄒ여
졈졈몸을 감초니 유릭쳑로ㅣ그 아ᄃᆞᆯ을 보지못ᄒᆞ매 마음이 심히 ᄎᆞ급ᄒ여
쉬파람 ᄒᆫ 곡됴를 불어 찻는 ᄯᅳᆺ을 젼ᄒ니 화록타ㅣ그 부친이 오죽을 알고
오날 긔약을 싱각ᄒᆞ녀 우리인국단의 거ᄉᆞ할 긔약이 졍히 오날이라 내
악가 산골에 잇슬졔 불빗처 죠요ᄒ니 이눈 반ᄃᆞ시 군ᄒᆞ를 서로 롱ᄒᆞᆷ이라
우리밧비 그곳에 나아가 여러 사람으로 동심합력ᄒ여 예ᄉ록을 잡으면 진
실노 쾌ᄒ리로다 인ᄒᆞ여 길을 ᄯᅥ날시 이날밤에 긔운이 쳥명ᄒ여 공즁에
구득ᄒᆫ 들빅촌 졍히 사람의 안길을 인도ᄒᆞᆫ지라 부ᄌᆞㅣ한가지 힝ᄒᆞ여 그 곳
에 다다르니 이ᄯᅢ에 아로나ㅣ유릭쳑로 부ᄌᆞ의 위ᄐᆡ홈을 듯고 바야흐로 군
ᄉᆞ를 몰아 구원코ᄌᆞ ᄒᆞ더니 호여이 그 부ᄌᆞ 두사람이 진젼에 옴을보고 반
신반의 ᄒᆞ여 감히 망을 발ᄒᆞ지 못ᄒᆞ다가 그 부ᄌᆞㅣ일졔이 소리를 굿쳐ᄒᆞ며
압흐로 ᄃᆞᆯ녀와 손을 잡거ᄂᆞᆯ 비로소 죽지안인줄 알고
에 이슬고 드러가 왕ᄉᆞ를 ᄌᆞ셰히 셜화ᄒᆞ니 야로나ㅣ쳥파에 놀린색이 등을
신반의 ᄒᆞ여 교집ᄒ여 군막

보니 유린쳑로 부즈가 간곳이 업거늘 분긔 대발ᄒᆞ여 곳 군스를 명ᄒᆞ여 비를 져어 언덕에 올나 그 죽겨을 람지ᄒᆞᆯ시 예스룩이 홀노 거름을 지촉ᄒᆞ여 아이ᄅᆞ로 향ᄒᆞ여 갈시 마ᄋᆞᆷ이 착급ᄒᆞ고 노긔가 발발ᄒᆞ여 괴로움을 성각지 안코 분쥬이 ᄯᅳᄅᆞ니 이목이 확흑ᄒᆞ고 션이 비긋ᄒᆞ며 ᄯᅡ흔 길이 험ᄒᆞ여 힝보ᇰ기 극난ᄒᆞᆯ쑨더러 펴ᇰ일에 ᄒᆞᆫ번도 지나지 못ᄒᆞᆫ 곳이라 동셔를 분별치 못ᄒᆞ여 놉흔언덕과 깁흔수풀에 그 곤궁ᄒᆞᆫ 힝셕은 가이 사람으로 ᄒᆞ여곰 두려워 흘너라 셕양에 지져귀는 새우름은 가는 사람을 조롱ᄒᆞ고 시내길에 나무ᄒᆞᆫᄂᆞᆫ 쵸젹셩은 저문길을 지촉ᄒᆞ니 날은이믜 저물고 길이 ᄯᅡ흔 궁진ᄒᆞ니 이ᄯᅢ를 당ᄒᆞ매 영웅이라도 오히려 심회를 감동ᄒᆞ여 눈물을 지으려든 ᄒᆞᆷ믈며 예스룩 굿흔이성으로 제셰ᄒᆞᆫ 바를 일우지 못ᄒᆞ고 이디경에 이르럿스니 엇지 후회ᄒᆞ며 참담ᄒᆞᆫ 성각이 업스리오 각셜 유림쳑로ㅣ 산곡에 은신ᄒᆞ여 감히 젼진치 못ᄒᆞ고 날이 ᄯᅩᄒᆞᆫ 황혼이라 그 아들이 어늬곳에 은신ᄒᆞ엿는지 찻고 조ᄎᆞᄒᆞ여 밧황ᄒᆞ다가 홀연 놀나 ᄇᆞ라보니 ᄒᆞᆫ못에 불빗이 이러나며 사람소리 젼졈 들니눈지라 무ᄋᆞᆷ에 명박히 성각ᄒᆞ고 손가락을 굽혀 조셰이 료량ᄒᆞ니 과연 인국당으로 더브러 군스일으키눈 날이 당흔지라 깃

망혼말에 속지말으소셔 우리부ᄌᆞᆫ는 셔ᄉ국에 등한혼사람이라 이물에 죽어

도 관계 치안일ᄲᅥᆫ더러 ᄯᅩ혼 의리에 죽는것은 족히영광이라 ᄒᆞᆯ려니와 져놈의

셩ᄉᆞ는우리나라 흥망이 달려스니 혼번 죽이면 나라를 회복ᄒᆞᆯ것이오 원슈

를 갑ᄒᆞ리로소이다 유림쳑로ㅣ 혜오ᄃᆡ 아직 소년혈긔라 분ᄒᆞᆷ셩각 만ᄒᆞᆫ고 압일은

알지못ᄒᆞᆫ도다 문득 회답ᄒᆞ야 이로ᄃᆡ 너 눈아직 말ᄒᆞ지말어다 내가 장ᄎᆞ방

법이잇노라 말을맛지못ᄒᆞ야 예ᄉ룩이 우슴을먹음고 군ᄉᆞ를명ᄒᆞ야 유림쳑로

부ᄌᆞ의 갈을벳기거놀 이ᄯᅢ두사람의 쾌락혼 마음이 비컨ᄃᆡ 룡이운우를 엇어

하늘에 오른듯ᄒᆞᆫ지라 곳 빅머리에 나가 로를잡고 바람을 몰아물결을 헛치니

비록 풍랑이 위급ᄒᆞ나 빅가살ᄭᅩᆺᄐᆞ야 죡히 념려흠이업슬지라 이ᄯᅢ풍우가오

히려 굿ᄎᆞ지안코지쳑을분별ᄒᆞ지못ᄒᆞᆫ눈ᄃᆡ 유림쳑로ㅣ 흔계교를셩각ᄒᆞ야 극나

우다로 가지안코진짓 아이타로향ᄒᆞ야 빅를모라 언덕에당ᄒᆞᆷ이몬져 화록타를

비에나려놋코비밀히 부탁ᄒᆞ되수풀가온ᄃᆡ 몸을은신ᄒᆞᆯ라ᄒᆞ고다시비를이ᄭᅳᆯ어

그 비의 복션흠과 사람의 샹흠은 도모지 업는지라 그ᄯᅢ에 풍우가

ᄭᅵ이고 물결이 고요ᄒᆞ거놀 예ᄉ룩이 비로소 졍신을 슈습ᄒᆞ여 ᄌᆞ셰이 슬펴

을 써나셔 고요훈 물결은 비 노리를 화답호고 쳥명훈 하늘빗은 물결을 인

도호는지라 홀연흉운이 이러나셔 바람소리를응호여 턴디를뒤늡는듯 물결이

쳐는곳에 티산도 가이 지탕치못홀거든 비가엇지 온젼호리오 사람의 싱스

가·경각에 금호지라 예수륵이 혼불 부신호야 황망이 여러군스를 향호야 군

·쳥호되 뉘 능히 나를 구원홀고 맛당이 즁상호리라 유십명군수가 다만 하늘

을 우러러 살기 만빌뿐이오 속슈무칙이라 홀연한사람이 크게 소리호야와 대

인은 넘어군심말으소셔 저 죄인이 어려셔브터 활쏘기와 빅부리기로 유명호

니 한번명호야 서험홈이 됴흘듯 호여이다 예수륵이 곳 유림쳑로롤 쳥호야아

로딕 내가 능히 나 와여러사람을 구원호면 녀의부즈를 무슨이 방송홀것이니

네 의향이 엇더호뇨 유림쳑로ㅣ 밋쳐 딕답지못 호야셔 화록타ㅣ 크게불어와

부쳔은 그놈의 간샤훈말을 밋지못훌지라 대쟝부의 훈말이 쳔금굿치 소즁

홈을 알진딕 과실만칠때에 우리부즈를 이믜 방송훌것이니 엇지 이딕경에

이르리오 흐며 두눈에 번기불이 이러나고 이를 갈며 예수륵을 향호여고기

를 먹고즈호는지라 유림쳑로ㅣ 진짓 웃고 그 아들을 돌아보며 왈 너는님어

쾌쾌이 말지어다 나도 료량이 잇노라 화록타 또 딕답호되 부쳔은 져놈의 허

이십구

37

부즈ᅵ 한가지 죽을것이니 이 디경을 당ᄒᆞ여나의 쥬의ᄒᆞᆫ바는 처음에 과실

을 맛치면 됴커니와 만일 불힝ᄒᆞ면 지츠 내몸에 잇는활살노 네 목숨을 취

ᄒᆞ려 ᄒᆞ엿더니 다힝이 무ᄉᆞᄒᆞ엿스니 진실로 너를위ᄒᆞ여 하례ᄒᆞ노라 예ᄉᆞ룩

이 이말을 듯고 다시놀내여 ᄯᅡ지져왈 네 불죡ᄒᆞᆫ 쟝ᄅᆡ 대환이되리라 ᄒᆞ고 드듸여 당당ᄒᆞᆫ 우리를

업수히 녁이니 곳 멸ᄒᆞᆼ지 아니ᄒᆞ면 쟝ᄅᆡ 대환이되리라 ᄒᆞ고 드듸여 라졸을

명ᄒᆞ야 하옥ᄒᆞᆫ 연후에 예ᄉᆞ룩이 스스로 싱각ᄒᆞ되 져 부즈를 곳 죽이면 져

의 동류가 그 원슈를 갑ᄒᆞ랴고 모다 와서 겁칙ᄒᆞᆯ것이오 죽이지아니ᄒᆞᆼ면 무

궁ᄒᆞᆫ 화를 이룰것이니 쟝ᄎᆞ 엇지ᄒᆞ리오 좌우로싱각ᄒᆞ다가 홀연 ᄒᆞᆫ계책을 이

어 크게깃거왈 그 부즈를 극나우다 싸으로 잡아보내엿다가 가만이 죽이면

진실로 묘ᄒᆞᆫ지라 그러ᄒᆞ나 빅쥬에 잡아보내면 이목이번나ᄒᆞ여 소문이 랑자

ᄒᆞᆯ것이니 밤이깁고 사람이 고요ᄒᆞᆫ째를 기다려 큰 비를엇어 수로로 좃ᄎᆞ가

면 그 종겨을뉘가알니오 곳 군ᄉᆞ를불너 조쳐ᄒᆞᆯ도리를 비밀히동ᄒᆞ야 밤되기

를기ᄃᆞ리더니 어언간에 푸른연긔는 져녁경긔를그리고 여러새는 깃드ᄂᆞᆫ

닷도ᄂᆞᆫ지라 예ᄉᆞ룩이 곳 긔구를 챠려군ᄉᆞ를 거나리고 큰 비를준비 ᄒᆞ야

유림쳑로의 부즈를 이셜어 비에실고 예ᄉᆞ룩도 ᄯᅩᄒᆞᆫ 갓ᄎᆞ비에 올라길

36

며 닐ㅇ디 우리나라 영웅 호걸이 죽엇스니 이뒤에 누가 능히 그 뜻을 이어

나라를 회복ㅎ며 우리가 산들 무엇에 유익ㅎ리오 찰ㅎ니 쓰라 죽음만 못ㅎ

다ㅎ며 못늬 슯허ㅎ더니 홀연 손벽치며 웃는 소릭 우뢰굿치ㅎ며 칭찬ㅎ과

이ㅎ도다 유림쳐로의 져죠여 쳔금굿흔 귀흔영웅이 얼호도 샹챠 아니ㅎ엿스

니 진실노 하늘이 도으샤 살림이로다 예스룩이 슈염을 흔들며 은혜가 잇눈

드시 유림쳐로을 향ㅎ여 닐ㅇ디 내처음에 너를보매 오직 일긔농부라 차마

스스로 죽이지못ㅎ여 짐줏 이러ㅎ일러니 엇지 이굿흔 져죠을 료량ㅎ엿스리

오 만일 너를 노와보닌면 반드시 여러호걸을 체결ㅎ여 큰일을 도모ㅎ일것이

니 우리가 엇지 평안ㅎ리오 이굿차 슈작ㅎ올째에 예스룩이 쌈이흐르며 정신

울 슈습지못ㅎ거늘 유림쳐로ㅡ 그 모양을보매 우습고 가긍ㅎ여 압혜 나아가

크게 소릭ㅎ여 닐ㅇ디 대쟝부 셰샹에나셔 료흔 일홈을 후셰에 견치못ㅎ터

이면 찰ㅎ리 악흔일홈이라도 엇지 이굿흔 쇼쇼흔 일에 경동ㅎ고

나 겁도만코 슈단도 업도다 이굿흔 녀시업이라ㅎ

참 우습도다 오날 활쏠째에 내가엇지 료량이업스리오 내 진졍을

니 조셰이 드르라 다힝이 과실을 맛치면 조식을 살릴것이요 만일 불힝ㅎ면

35

주고 활과 살을 유림쳐로의 부조를 각각 분비ᄒ여 거힝ᄒ니 이ᄯᅢ에 원군사람들
이 모다 구경ᄒᆞᆯ시 쳔고에 희한ᄒᆞᆫ일쑨아니라 져 부조의 엇더ᄒᆫ 형샹과 활쏘
눈법이 엇더ᄒ고 사람마다 민망ᄒᆞ고 착급ᄒᆞ여 엇지ᄒ면 됴흘고ᄒᆞ며 울지안ᄂ
이가 업ᄂᆞᆫ지라 유림쳐로의 부조ᄂᆞᆫ 오히려 흔연이 웃스며 닐ᄋᆞ되 그ᄃᆡ들은
부지럽시 샹심ᄒᆞᆯ지 말지어다 엇지 눈물노 내의 목심을 구원ᄒ리오 내가 죽
기를 겁ᄒᆞ면 반드시 이일을 ᄒᆞ지아니ᄒᆞ리로다 쳥컨ᄃᆡ 몸을 앗기
지 말고 나라를 회복ᄒᆞ여 내뜻을 일우라 이ᄯᅢ 이미 활쏠 시간이 당ᄒᆞᆫ
지라 예수록이 딕샹에셔 호령ᄒᆞ되 어셔 속히 거힝ᄒ라ᄒᆞ니 화록타 ᄂᆞᆷ해 ᄒᆞ군
스가 조롱ᄒᆞᆫ 말로 닐ᄋᆞ되 잠시간이면 념라국에 들어갈것이니 네 념라ᄃᆡ
왕을 보거든 말ᄒᆞ기를 네 야비가 너를 이곳처 죽엿다ᄒᆞ여라 아비로 조식
을 죽이ᄂᆞᆫ것은 나도 위ᄒᆞ여 불샹ᄒᆞ도다 말을 맛지못ᄒᆞ여 화록타ㅣ크게 소
리ᄒᆞ여 ᄡᅮ지져ᄫᅡ 내 비록 불힝ᄒᆞ여 죽더리도 하늘로 올나가 신령의 도음을
엇어 너ᄀᆡ 곳흔 도젹을 멸ᄒᆞᆯ것이어늘 엇지 구ᄒᆞ히 념라국을 향ᄒᆞ리오 ᄒᆞᆫ
소리가 사람의 정신을 놀닉ᄂᆞᆫ지라 유림쳐로ㅣ 활을 잡고 화록타를 향ᄒᆞ여 ᄡᅩ
니 무엇이 ᄯᅡᆼ에 ᄯᅥ러지ᄂᆞᆫ지라 셔스국 여러사람들이 일제이 곡셩이 랑ᄌᆞᄒᆞ

34

른지 오리더니 오날 스스로 죽을ᄯᅡ에 나왓스니 누를 원망ᄒᆞ리오 곳쳐 참

ᄒᆞ라 예스록이 문득 깃거워 말ᄒᆞ되 쳔셰는 과도히 노ᇰ지 말으쇼셔 흐묘

훈법이 잇다ᄒᆞ고 유림쳭로를 향ᄒᆞ여 닐으되 내ᄃᆞ르ᄂᆡ 예스록이 닐으되 네가 활을 잘 쏜다ᄒᆞ

니 이제 살길이 잇도다 유림쳭로 왈 무슴일이뇨 예스록이 닐으되 네 ᄌᆞ식을

결박ᄒᆞ여 안치고 그 머리우에 과실 ᄒᆞ기를 노흘것이니 네가 수빅보 밧게셔

그 과실을 맛치면 너희 부ᄌᆞ가 다 죄를 면ᄒᆞᆯ것이요 만일 실수ᄒᆞᆯ면 네 ᄌᆞ식이

은 네 활로 스스로 죽임이니 ᄒᆞ흠이 업스려니와 너도 살기를 엇지못ᄒᆞᆯ것이

니 너희 부ᄌᆞ가 살고 ᄌᆞᆨᄒᆞ거든 내 말ᄒᆞᆫ바를 거역지 말지어다 유림쳭로ㅣ 이

말을 듯고 혜오되 내가 비록 명궁이나 조곰 실슈ᄒᆞ면 내아ᄃᆞᆯ을 내가 죽이ᄂᆞᆫ

것이요 ᄯᅩ흔 나도 죽을지라 좌스우량ᄒᆞ다가 홀연ᄒᆞᆫ계교를 싱각ᄒᆞ고 스스로

닐으되 내가 가진 활살이 잇스니 다힘이 ᄒᆞ번 쏘아 과실을 맛치면 살

길이 잇거니와 만일 맛치지못ᄒᆞᆷ면 부ᄌᆞㅣ ᄒᆞᆫ가지 죽을ᄲᅮᆫ이니 내몸에 잇ᄂᆞᆫ

활살로 저 ᄎᆞ발ᄒᆞ여 예스록을 쏘아죽이면 쾌ᄒᆞ고 죽이지못ᄒᆞ더라도 나죽기

눈 일반이라 ᄯᅳᆺ을 결뎡ᄒᆞ고 예스록을 향ᄒᆞ여 왈 네 말이 이와ᄀᆞᆺᄒᆞ니 모롬이 활

셔ᄉᆞ건국지　　　　이십오

과 살을 보내여 영웅의 슈단을 구경ᄒᆞᆷ이 가ᄒᆞ나라 예스록이 곳 좌우를 명ᄒᆞ여

33

경 대로ᄒᆞ여 무수ᄒᆞᆫ 군마를 일으키어 친히 거ᄂᆞ리고 셩화굿치 에워싸니 군
ᄉ도 갑ᄒᆞᆯ뿐더러 긔계가 ᄯᅩᄒᆞᆫ 날ᄂᆡ니 유림쳑로의 격슈공권이 엇지 비교ᄒᆞ
리오 무가ᄂᆡ하라 잡힌배되엿스되 조곰도 경동차안코 도로혀 크게 소리ᄒᆞ여
우스며 닐으되 영웅의 슈단이 오날날에 나타나리로다 여러사람이 머리를
굽혀 탄식ᄒᆞ되 죽기를 림ᄒᆞ여 두렵지아니ᄒᆞ니 참 쳔고 긔남ᄌᆞ로다ᄒᆞ며 무
수히 인셕히 녀이더라 예ᄉ록이 이믜 유림쳑로를 사로잡으매 만심쾌락ᄒᆞ
여 곳 심문훌신 셔안을치며 ᄭᅮ지져왈 너굿치 쳔ᄒᆞᆫ놈이 감히 법을거역ᄒᆞ여
관쟝을 름멸ᄒᆞ며 관병을 구타ᄒᆞᄂᆞ뇨 ᄒᆞᆫ거눌 이말을 ᄒᆞᆫ번 드르매 몸을 소수
어위풍이 름름ᄒᆞ고 살긔 등등ᄒᆞ여 소리를 가다듬어 ᄭᅮ지져왈 강도 일이만
아 우리도디를 앗고 우리 인민을 젼해ᄒᆞ여도 오히려 부죡ᄒᆞ여 이굿치 쳔고에
업ᄂᆞᆫ 악ᄒᆞᆫ 힝실을 ᄒᆞᄂᆞᆫ냐 우리부ᄌᆞ! 오날날 이곳에 죽어 여러동포의 분홈
과 슈처를 씻고쳐ᄒᆞ노니 죽이라ᄒᆞ거든 죽일것이니 무슴잡말로 영웅을 곤
욕ᄒᆞ느냐 예수록이 이말을 들으믹 인국당이 분명홈을 알고 더욱 대로ᄒᆞ여 일
죽이라ᄒᆞ니 유림쳑로의 부즈ᄂᆞᆫ 오직 목숨들어 죽기만 기드리더라 이째
이만 태ᄌᆞ 아로파! 방안에 잇다가 소리를 크게ᄒᆞ여 ᄭᅮ짓되 져놈의 일흠을 드

제나라를 회복ᄒᆞ리오 소위 익국당이라ᄒᆞᆷ은 진실노 헛말이라 내 무슴근심이

잇스리오ᄒᆞ고 인ᄒᆞ여 슐을들어 취두록 마시며 못내 깃기더라

차셜 유림ᄎᆡᆨ로ㅣ 긱관에 도라와 싱각ᄒᆞᆯᄉᆞ록 분ᄒᆞ이 측량치못ᄒᆞᆯ지라 결단코

싱스를 불고ᄒᆞ고 그 기동압해가셔 경례치아니ᄒᆞ면 반드시 무슴일이 잇슬것

이니 내 ᄒᆞᆫ번 시험ᄒᆞᆯ리라ᄒᆞ고 부ᄌᆞ 두사름이 ᄲᆞᆯ니나아가 그곳에 당ᄒᆞ여

삷혀보니 기동놉기가 십여쟝이오 그우에 모ᄌᆞ를 씨웟스며 그아래 경례ᄒᆞ라

눈 문ᄌᆞ를 붓쳐엇거늘 두사람이 거만ᄒᆞᆫ 모양으로 보기를 다ᄒᆞᆷ의 언연이지

나니 파슈ᄒᆞ는 벽뎡이 내다러 힐문ᄒᆞ되 너희가 감히 법을 범ᄒᆞ니 참 담대

ᄒᆞ도다 유림ᄎᆡᆨ로부ᄌᆞㅣ 문득 ᄃᆡ답ᄒᆞ되 무슴법이잇스리오ᄒᆞ

고 곳 손을 움자기어 기동을 잡아 ᄒᆞᆫ번 들어치니 벽력ᄀᆞᆺᄒᆞᆫ 소리나셔 기동

이 썩기어 두도막이되는지라 군ᄉᆞ가 크게 놀나 호각을 부으니 여러놈이

일졔히 일어나 잡으랴ᄒᆞ거늘 부ᄌᆞ 두사람이 조곰도 두려워ᄒᆞ지안코 텬연

이라 그 군ᄉᆞ가 망ᄆᆞᆼ이 도망ᄒᆞ여 예ᄉᆞ룩에 고ᄒᆞ니 이ᄯᆡ 예ᄉᆞ룩이 졍히 슐

을잡어 스스로 위로ᄒᆞ며 ᄌᆞ긔의 모칙을 칭찬ᄒᆞ더니 군ᄉᆞ의 급보를듯고 대

ᄒᆞᆫ 거름으로 나아가셔 주먹을들고 팔을 두루눈곳마다 물결ᄀᆞᆺ치 흣허지눈

이십삼

31

셔스국 박셩은 물론귀쳔ᄒ고 이압흐로 지나거든 반드시 례를극진이ᄒ되 만

일 일호라도 공슌쳐아니ᄒ면 죽을죄를 면치못ᄒ리라 ᄒ엿스니 엇지ᄒ여야

됴홀눈지 이럼으로 여러사람이 요란홈으로소이다 셜파에 쳐량강개홈을 금

치못ᄒ눈지라 유림쳑로ㅣ 이 말을드르매 피가 ᄭ을으나 쟝ᄎᆞᆺ 큰일을 쥬의ᄒ눈

사람이라 졈짓 노긔를 감초고 화평훈말노 써 위로ᄒ되 파연 이러훌진되 쳡

존의 분홈이 맛당ᄒ도다 문득 로인을 다별ᄒ고 긱관에도라와 이일을 성각

흠이 울겨훈 마음이 풀니지안터라 ᄭ적에 예스록이 셔스에 익국당이잇셔

국가를 회복ᄒ을쯧으로 무리가 자못굉장홈을듯고 혜오되 이 무리를 진족 제

어ᄒ지아니ᄒ면 반드시 후환이되리라 ᄒ여 수일 졍신을 허비ᄒ여 한 모ᄎᆡᆨ

을 엇은고로 이 나모긔동을 길가에 세워 그우에 사모를 씨우고 사람마다 경

례ᄒ눈 젼령을 붓쳐고 군스를 보내여 비밀이 탐지ᄒ되 만일 거만훈쟈면 이

눈 분명 슈상훈 사람이니 곳 잡아 물으면 익국당의 근본을 가히 알겄이오

훈번 발각ᄒ면 멸망ᄒ음은 여반쟝이라 ᄒ고 이 법을 힝훈지 오류일에 훈사

람도 감히 거역지못ᄒ고 지날ᄯᅢ마다 머리를 굽히여 공슌이 경례ᄒ니 예스

록이 문득 대희ᄒ여 닐으되 셔스국 인죵이 져러틋 어리셕고 약ᄒ니 엇지

능히 다 먹지 못할것이오 쏘흔 일긔가 심이 더워 상흘가 두려운지라 드듸

여 저자를 향흐여 팔싀 이 저자에 김성이 이굿치 만히 남은 전부터 쳐음

이라 사람마다 사기를 다투는고로 멋시가 못흐여 다 팔닌지라 일모훈후에

부즈— 서로 려관을 향흐여 쉬일싀 홀연 들리는 소릭 이러나며 좌즁사람이

모도 황황흐거늘 유림쳑로— 그 연고를 알고 조흐여 부즈— 한가지 문에나려

한곳에 다다르니 무수흔 사람이 산굿치 모혓는지라 유림쳑로—의 관을 경졔

하고 즁인을 향흐여 공슌히 말슴흐되 렬위쳠존에게 한말로·뭇노니 우리

가 서로 저자에 왕린흐며 싱업을 경영훈즉 오즉 평안키를 요구흘것이어늘

이굿치 분란흠은 아지못게라 무슴연고니잇가 마춤 장안빅발로인이 유림쳑

로의 공경흐고 은근흠을 보고 문득 답례흐고 말을열어 되답흐되 존긱은

알지못흘리로다 우리가 이곳에 싱업훈지 오린지라 혹 불시로 일이잇스면

조흔말로 여러 사람을 덩돈흐여 불평흠이 업더니 불의에 이굿흔일이 잇슬

줄을 엇지 료량흐엿스리오 쳥컨딕 줏셰히 드르소셔 우리가 일이만에게 학

듸 밧음은 가히 말흘수 업거니와 오날 당흐여는 더욱 분홍흔일이 잇스니

져자길에 나무기둥을 세우고 그우에 모즈를씨우고 일쟝 뎐령을 붓쳣시되

셔ㅅ건국지

이십일

챠셜 유림쳑로ㅣ 아로나를 쟉별흔후에 부즛ㅣ 서로병법을 강론ᄒ며 군긔를
련습ᄒ더니 일일은 일긔가 청명ᄒ고 묽은 바람에 새소리 심히 아름다이
사람의 흥의를 지촉ᄒ는지라 이ᄯᅢ 유림쳑로ㅣ 오릭 직관에 쳐ᄒ미 심회가
젹막ᄒ여 깃거온 마음이 사라지고 울겨흔 긔상이 나타ᄒ니 화록타ㅣ 압혜
나아가 말슴ᄒ되 부쳔께서 불평흔 심회를 지으시니 반듯시 무슴 감동ᄒ미
잇스오니 바라건디 잠간 몸을 움죽이어 패흔 긔운으로 산에 올라 김성이
나 산양ᄒ미 조흘듯 ᄒ여이다 유림쳑로ㅣ 깃거ᄒ여 런망이 ᄐ답ᄒ되 내 근
일에 가장 젹막ᄒ여 만망흠을 스스로 풀지 못ᄒ엿더니 네말이 이에 밋ᄎ
니 아지못게라 너도 흔가지 가기를 원ᄒ는냐 화록타는 본디 영쥰흔 남즛
라고 요흠을 깃거ᄒ지 안는지라 흔연이 ᄐ답ᄒ고 부즛ㅣ 서로 이러나 산양
옷을 입고 활과 살을 쥰비ᄒ고 가동을 분부ᄒ여 문호를 단속흔 연후에 곳
심산궁곡을 향ᄒ여 활을 버풀며 살을 노흘시 김성이며 나는 새가 일
제히 시위 소리를 응ᄒ여 써러지니 진실로 빅발빅즁이라 잠간사이에 엿은
김성이 무슈ᄒ나 오죽 과도히 만흐면 잇슬어 가기가 어려운지라 이에 활
을 머무르고 김성을 한디 합ᄒ여 지고 산에 나려오니 비록 수빅인이라도

28

는쥴 셰닷져 못ᄒᆞ너라 이곳치 즁대ᄒᆞᆫ일에 엇지 쳔금ᄀᆞᆺᄒᆞᆫ 시간을 잠시나

허송ᄒᆞᆯ리오 조반을 지쵹ᄒᆞ여 먹은후에 각각 ᄯᅳᆯ쳐 일어나 소임ᄃᆡ로 힝ᄒᆞᆯᄉᆡ

군마도 부르고 군량도 구회ᄒᆞ고 ᄃᆡ형도 츅량ᄒᆞ고 소식도 졍탐ᄒᆞ여 말ᄒᆞ되 형의 지물도

쥰비ᄒᆞᆯ라고 분쥬불가ᄒᆞ더라 아ᄅᆞ나 ― 문득 유림쳑로을 향ᄒᆞ여 말ᄒᆞ되 형의

부즈는 이곳을 진무ᄒᆞ라 소ᄃᆡ가 맛당이 밧고 나아가 용밍과 지식잇는 사람

을 구ᄒᆞᆯ것이오 ᄯᅩᄒᆞᆫ 형의 고향은 인마가 강셩ᄒᆞ고 풍쇽이 슌박ᄒᆞ여 형의

의ᄀᆞ를 슌죵ᄒᆞᆫ배라 만일 형의 션포만 잇스면 일졔이 ᄯᅡ를것이니 쳥컨ᄃᆡ

일쟝 셔신을 쳬결ᄒᆞ여 내에게 부치기를 바라노라 그아들 화룩타 ― 이말을듯

고 압해 나아가 말ᄉᆞᆷᄒᆞ되 한 부탁ᄒᆞᆯ 말슴이잇스니 재가 집에잇서 공부ᄒᆞᆯ젹

애 여러 션ᄇᆡ를 쳬결ᄒᆞ여 그. ᄒᆡ복ᄒᆞᆯ 열심이 잇는줄 알엇스니 제의 셔찰

을 ᄯᅥᆫ허면 반ᄃᆞ시 쌀 ᄒᆞᆯ것이니 오날 일은 무론 아모ᄒᆞ고 사람 이 데

일이로소이다 셜파에 지필을 잡어 일봉셔신을 써 드리거늘 아로나 ― 밧아

힝쟝애 슈습ᄒᆞ고 인ᄒᆞ여 유림쳑로의 부조로 더부러 샹약ᄒᆞ되 명년 경월에

아모 ᄊᆞᆼ으로 맛날졔에 불드는 것으로 군호ᄅᆞᆯ 삼어 이리이리 비밀ᄒᆞᆫ 수졍을

셜화ᄒᆞᆫ후에 손을 난와 쟉별ᄒᆞ니라

셔ᄉᆞ건국지 십구

27

형뎨들은 청컨ᄃᆡ 압일을 ᄉᆡᆼ각ᄒᆞ여 조금도 두려워말고 위ᄐᆡᆯ흠을 무릅씀이맛

당ᄒᆞ도다 뭇사람이 다흔흔이 깃분빗ᄎᆞ로 소매를 련ᄒᆞ여 배에 오ᄅᆞ거ᄂᆞᆯ 유림

쳑로ㅣ ᄎᆞ를잡고 동을열어 슌식간에 건느ᄂᆞ라 이ᄯᅥ야로나ㅣ 그ᄃᆡ방에 잇서 유림

쳑로와 여러사람이 옴을듯고 만심환희ᄒᆞ여 곳 여러동지로 더부러 멀리나와

영졉ᄒᆞ여 손율잡고 도라와 여러무리와 빈쥬를 뎡ᄒᆞᆫ후에 동을숨고 소롤잡아

잔쳐를 비셜ᄒᆞ니 유림쳑로의 아들 화록타가 연셕에 춤예ᄒᆞ엿다가 국ᄉᆞ를위

ᄒᆞ여 갓지흔 언론과 츙분흔 심ᄉᆞ를 사람마다 청찬안이라 엇더라 아로나ㅣ 유

림쳑로ㅣ 향ᄒᆞ여 조긔부쳔 소식을 뭇다가 맛 예ᄉᆞ록에 피해흠을 듯고 무

슈이 통곡ᄒᆞ다가 다시우름을 거두고 탄식ᄒᆞ되 대쟝부ㅣ 큰일을 경영ᄒᆞᆯ진ᄃᆡ

엇지 가ᄉᆞ를 ᄉᆡᆼ각ᄒᆞ리오ᄒᆞ고 곳 격셔를 내여뵈이니 유림쳑로ㅣ 한번보ᄆᆡ 손벽

치며 ᄭᆞ갓고 취흥을 인ᄒᆞ여 일곡쳥가를 자아내니 그일흠은 위국가라 이ᄯᅥ

에 유림쳑로의 졍신이 ᄭᅥᆨᄭᅥᆨᄒᆞᆯ고 긔샹이 당당ᄒᆞ여 얼골은 도화갓고 음셩은

봉황곳ᄉᆞᆯ여 진실로 쾌락림리ᄒᆞ여 신션이 하강흔듯ᄒᆞ니 뉘

안이 츙차ᄒᆞ며 탄복ᄒᆞ리오 연후에 초래로 연셜을 ᄒᆞ니 말마다 나라회복

이요 쇼ᄅᆡ마다 ᄇᆡᆨ셩구원이라이 날밤에 놉흔 흥차와 웅쟝ᄒᆞᆫ 언론으로 동방이밝

비록쟝대 치못ᄒᆞ나 심디는 극히 웅쟝ᄒᆞ여 ᄒᆞ상 국가 회복ᄒᆞᆯ 마음이 간졀ᄒᆞᆫ 사람이

라 이럼으로 유림책로를 찻져 듯을 기우려 일을 의론ᄒᆞ이려라 그말에 ᄒᆞᆫ녁

스되 우리샤지렴 사람들이 다 국가를 위ᄒᆞ여 죽기를 원ᄒᆞ니 바라건ᄃᆡ 형

은 몸을 욱죽이여 아로나로 더부러 일을 으키라 ᄒᆞ니 유림책로ㅣ 이말을 듯고

곳 힝쟝을 다스리여 위리니로 더부러 샤지렴 다방에 어르러 모든이와 한

가지 심스를 의론ᄒᆞ니 모다 늦게 맛남을 탄식ᄒᆞ더라 이튼날 일제히 떠나

우리 고국을 회복ᄒᆞ고 다소흔 영웅을 구ᄒᆞ고즈ᄒᆞ여 하ᄂᆞᆯ을 가르쳐 밍셰ᄒᆞ되 우리가

아로나도 찻고 우리 동포를 구원ᄒᆞᆯ것이니 황텬후로는 기ᄉᆞᆮ을 하감ᄒᆞ

샤셩스치 못ᄒᆞ면 차라리 죽는것이 영화롭고 욕되지안이ᄒᆞ리로다 당하에

수십인이 길을 떠나 라샹하 물가에 이르니 홀연 흑운이 몽롱ᄒᆞ며 풍우가 대

쟉ᄒᆞ여 물결이 뒤집는지라 스공이 감히 배를부리지 못ᄒᆞ거ᄂᆞᆯ 유림책로ㅣ 여

러사람의 ᄠᅳᆺ시 경동ᄒᆞ여 되축ᄒᆞᆯ가 념려ᄒᆞ여 곳 소ᄅᆡ를 가다듬어 무리를 향

ᄒᆞ여 말ᄒᆞ되 우리는 국스을 위ᄒᆞ여 셩스를 불고ᄒᆞ는 사람이라 엇지 이굿혼

풍우가 우리의 경셩을 막으리오 내가 평일에 대강 물의 셩품을 아ᄂᆞᆫ지라 만

일 스공이 ᄭᅥᆫ지 못ᄒᆞ거든 내가 ᄃᆡ신ᄒᆞ여 배를 부릴것이니 우리 수족굿혼

셔ᄉᆞ건국지

섭칠

든ᄂᆞᆫ듯ᄒᆞ니진실로영웅쥰걸의즁흥ᄒᆞᆫ지목이로다 아로나ᅵ 한번보미마음을허락

ᄒᆞ고곳더부러시셰를말ᄒᆞ며인ᄒᆞ여 소민로셔 일장겨셔를 내여보이니 읽기를

맛쳐지못ᄒᆞ여 뛰놀고부루지지여 이로딕고국강산이 어늬곳인고 참아머리

를둘으지 못 ᄒᆞ리로다 우리가 맛당이 동심협력ᄒᆞ여 산으로 밍셰ᄒᆞ고 바다

로즁거ᄒᆞ여 국가를 회복ᄒᆞ미 우리의 담당ᄒᆞᆫ 칙임이로다 아로나ᅵ 이말을드

르미 머리를 굽혀 공경ᄒᆞ여왈 그대들이 일을들면 소뎨ᄂᆞᆫ 위ᄒᆞ여 말뒤에 츄

창ᄒᆞ기를 원ᄒᆞ노라 여려사람들이 그웅장ᄒᆞᆫ 긔골과 공경ᄒᆞᆫ 긔샹을 보고 ᄌᆞ연

사랑ᄒᆞ고 소모ᄒᆞᄂᆞᆫ마음이 이러나서 서로손을잡고집으로도라가 침식을한가지

ᄒᆞ여 심졍을 ᄐᆞᆼᄒᆞ더라 차셜 유림쳑로ᅵ 아로나를 이별ᄒᆞᆫ후에 손을곱어 기다

리더니 몃날이 못ᄒᆞ여 그부쳔이 예스록에 잡히여 형벌로 무수이 핍

박ᄒᆞ여 아로나를곳 잡아들이라ᄒᆞ더니 ᄯᅩ그로인의 죽은소문을 이어드르미더

욱분긔를 이긔지 못ᄒᆞᄂᆞᆫ즁아로나의죵젹을아지못ᄒᆞ여 졍히 착급ᄒᆞ더니 일일

은 한벗이 문을 두다리며 부르되 아모아모가 긴급ᄒᆞ 소졍이 잇기로 로형으

로 더부러 의론ᄒᆞ기를 원ᄒᆞᆫ더이다 유림쳑로ᅵ 급히문을열고 서로

손을 잡고 심ᄉᆞ를 강론ᄒᆞ니 이사람은 소ᄌᆞ렴 ᄯᅡ에사ᄂᆞᆫ 뜻잇ᄂᆞᆫ 션ᄇᆡ라 몸은

24

며 다힘이살더리도 뉘를향호여 의지호리오 내드르니 지극호졍셩은 하놀

이감동호고 뜻이잇스며 일을셩공호다호니 바르건디 죽기로밍셰호고 힘을

한가지호여 이익운을버셔나면 무숨일을 셩공치못호며 한번긔회를 엇은즉

형셰를인호여 이ᄀ든원슈를 물리치고 골슈에사못찬 분을쾌이풀고 평안훈

나라에 복잇는빅셩을지으면 참쟝부의힝식이요 사람마다 당호직분이라 여

러동포는 바람을응호여 이러날지어다

쓰기를맛치미 좌즁을향호여 일편란독호고 여러사람으로 수쳔쟝을 쓴연후에

아로나ー몸에 가두혼지죠를 잇슬고각쳐 다방으로 향호여갈시 쥬야를싱각지

안이호며 풍우를험의치안코 쳔만가지고샹을 갓쵸어 지내니 대범큰일을 당

호여뜻잇는 사람이야 엇지여간 괴로옴을 계교호리오 가셜셰스국에한무리가

잇스니 사람이만을쓴더러 그두목은 응덕화뎡과 스겨와와노다리 셰사람이니

취당호지반년만에 호걸이삼빅여인에 이른지라 고국회복호랴고 쥬야로죄죠

를 련습호며 병법을강구호여 흥샹긔회업슴을 한탄호더니 아로나ー이말을듯

고 깃분마음이 하놀굿흔지라 곳 그디방을찻져 여러사람을맛나미 몬져긔샹

을삷히니 사우나온 용밍은범이 태산을뒤는듯 웅쟝훈긔식은 룡이챵히를혼

십오

23

ᄒᄂᆫ 바ᄂᆫ 뉘가 능히 스방으로 다니며 인심을 고동ᄒᆞ여 셩스케 ᄒᆞ리오 이럼으로

우리 동포들이 일월을 보지 못ᄒᆞ고 침침디옥에 ᄲᅡ진지 오리더니 이졔형이 일

단튱의로 몸을 앗기지 안코 나아가고 조ᄒᆞ시니 우리가 비록 죠ᄂᆫ 업스나 한

팔힘을 도오랴 ᄒᆞ노니 죤의 가엇더ᄒᆞ뇨 아로나ㅣ 이말을 들으미 분훈기운은

봄눈 녹듯 ᄒᆞ고 깃분마음이 단비 나리듯ᄒᆞ여 급히디 답ᄒᆞ되 련힝이로다 이

일이여 오작바라ᄂᆫ바ᄂᆫ 진실훈 마음으로 구든뜻을 변치말디어다 예가원컨

디 스방으로 격겨를 뎐ᄒᆞ여 쟝스를 불너 ᄯᅥ를 ᄯᅡ라 움작이면 엇지쾌ᄒᆞ지 안이

리오 인ᄒᆞ여 고요훈곳에 모아셔 로샹의 훈후에 일쟝격셔를 지으니 일홈은

이국당 회복셔 스격이라 그글에 이로디

슬푸다 우리 셔스국 금옥굿ᄐᆫ 강산이 불ᄒᆡᆼ이 개와 돗굿ᄐᆫ 일이만의 침로ᄒᆞᆫ빅

되엿도다 머리를 둘으미 근심구름이 춤담ᄒᆞ고 눈물을 ᄲᅮ리미 찬바람이 소

실ᄒᆞ도다 뎐디가 위ᄒᆞ여 근심ᄒᆞ나니 영웅이 몸둘곳이 젼혀업도다 져우 도ᄒᆞ

원슈놈은 오히려 부족ᄒᆞ여 살해 겁탈ᄒᆞ고 마음디로 횡힝ᄒᆞ니 진실로 귀신과

사람이다 미워ᄒᆞᄂᆫ빈라 우리 동포들이여 귀쳔 샹ᄒᆞ와 로소 남녀 물론

ᄒᆞ고 다션왕의 은혜입은 빅셩이라 국가가 멸망ᄒᆞ면 어늬곳에 목숨을 부탁ᄒᆞ

잡혀간줄을 알고 슯흔마음에 분호긔운을 금치못호여 곳 집에도라와 여간가
스를이웃 사람에게 부탁호고밤새기를 기다려힝장을 슈습호여집을떠나 부
쳔의 소식을 탐지홀시 흔천구을 찾저맛처한쳔을다호지 못홀지음에 그곳 사
람이와셔 말호기를 [씨]이[응]도다 오날셩문에 흔쟝뎐령이 붓터시되 샹금을후
이주어 사람을잡으라 호엿스니 그글에무도흔 아로나ー 관쟝을릉욕호고 인명
을살해호엿스미 그아비는 이믜가두고 형벌호여 쟝춧죽이려니와 그놈을잡는
쟈는 즁샹을줄것이니 너희군수와 빅셩들은 각별이 더힝호여 잡으라 호엿거
눌 이로나ー이말을들으미 노긔등등호여 소리를가다듬어이르되 일이만이 우
리각산늘앗고 우리빅셩을 살해호여도 오히려 부죡호여 역뎍이라 지목호며
씨엄시죽어고즈흥니 죽기는일반이라 머리를숙이고 죽기를 기드릴진듸 차
라리한번이러나 셩공치못호면 죽고말것이오 혹 하느님의 은혜를입어 고국
을회복호면 이안이 다힝흔가 슯품이 분긔를솟차 발호여 두줄눈물이 영웅의
옷깃을젹시는지라 녀러사람이그 분격흠과 익국셩을 감동호여 공경호는마음
으로 일졔이위로호되 형이아다지근심호시니 도로혀만망호여이다 국가의 회
복은 우리도사람마다 당홀직칙이라 이마음이 간졀흔지가 오리로듸 오쟉한

셔스건국지   십삼

숨을 보존ᄒᆞ여 본진으로 도라가 예ᄉᆞ록에게 고ᄒᆞ여 일졔히 군마를 니르키여

쏫치니라 아로나ᅵ 그 군ᄉᆞ 도라간 후에 반드시 후환이 잇슬줄알고 부친으로더

브러 소를 잇ᄭᅳᆯ고 집에 도라와 몸피홀계교를 의론ᄒᆞ더니 어언간에 예ᄉᆞ록의 인

마가 바람처럼 달려 오ᄂᆞᆫ지라 아로나ᅵ 그 풍셩을 듯고 곳 그 부친을 붓들어 호

가지 산곡에 드러가 피란코즈 ᄒᆞ더니 그 부친은 로인이라 ᄲᆞᆯ리 닷지 못ᄒᆞᆯ뿐더러

ᄯᅩ 혼 소를 타인에게 닐흘가 념녀ᄒᆞ여 결단치 못ᄒᆞ니 아로나ᄂᆞᆫ ᄉᆞ셰 졀박ᄒᆞᆫ나

몬져 다라나고 그 부친은 뒤에 ᄯᅥᄯᅥ르더니 예ᄉᆞ록이 스스로 군마를 거ᄂᆞ리고 셩

화곳 쳐 쏫치나 발셔 종젹을 알수업ᄂᆞᆫ지라 훈편으로 군ᄉᆞ를 노와 차즈며 훈편

으로 그 부친을 잡아 본진으로 가셔 무슈훈 롱쟝으로 류혈이 랑쟈ᄒᆞ니 져 칠십

로인이 엇지 이 굿흔 독훈 형벌을 견ᄃᆡ리오 ᄯᅩ ᄉᆔ지즈며 ᄒᆞᄂᆞᆫ 말이 네가 무도훈

조식을 두엇스니 그 죄가 맛당히 죽이리라 ᄒᆞ며 련ᄒᆞ야 치니 그 잔학ᄒᆞᆷ은 금슈

도 뮈워 ᄒᆞ고 로인의 경샹은 초목도 눈물을 짓더라

차셜 아로나ᅵ 산곡에 숨엇더니 셕양은 나무 그림ᄌᆞ를 잇ᄭᅳᆯ고 산식는 깃드림을

닷토ᄂᆞᆫ지라 ᄉᆞ방에 인마 소ᄅᆡ 젹연ᄒᆞ거ᄂᆞᆯ 이에 자최를 비밀이 ᄒᆞ여 산밧그나

아와 두루 살피되 그 부친을 보지 못ᄒᆞ겟ᄂᆞᆫ지라 무슈히 부르며 찻다가 비로소

아로나ー 겻혜잇다가 급히내다러 쑥지져왈 이무도훈놈들아 흉포훈 위력을 빙
쟈호고 쳥련빅일에 긔탄업시 노략호니 오히려 사람이라호리오 내소를놋코
쌀니도라감이 당연호니라 군스들이 욕셜노호눈말이 너는 셔스국쳔호쑴죠요
개굿혼빅셩이라 우리굿치 존즁호 병정을몰을소냐 다만농우일필을 앗기지말
고 너의인명을 싱각홀지이다 아로나ー 평일에 일이만원슈를 싱각호면 죠연
이가갈리고 살이썰림을 금치못호거던 이제 이무리의 이말을 혼번드르매 더
운피가 슬어울나 억졔홀수업눈지라 다시 소리를가다듬어 쑥지져왈 이개굿
혼무리야 무죄훈인민을 잔해호고 허다훈직물을 탈취호여 죄악이 하늘에 사
못츠거눌 쏘훈 나의물건을 쎅앗고자호니 뇨 내진실노 너희게닐으노니 힐란
말고 밧비 가라 만일 츄호업을 두번열면 나의주먹을 면치못호리라 군스가
이말을듯고 일졔히 벌일듯호나 엇지아로나의 유명훈슈단을 당호리오 어려
셔브터 주먹질과 발로초기를 련습호여 일신에 가득훈직조가 가위 능당빅만
이라 이굿혼 개미무리를 근심호리오 이르눈곳마다 물결굿치허여지고 입식굿
치썰어지니 슌식간에 두골이샹호고 슈죡이쎅기고 턱이쎄러져 쌍에업드린쟈
와 죽은놈이 무수호여 바람굿치 문어져 황황분쥬호더라 여간남은군스는 목

십일

19

서로 회복ᄒᆞ기를 도모ᄒᆞ더라 일일은 흑운이 몽롱ᄒᆞ고 뢰셩이 진동ᄒᆞ며 비가ᄂᆞ리니 진소위 호우지시졀이라 농ᄉᆞᄒᆞᄂᆞᆫ 사람의 힘쓸째가 졍히 당ᄒᆞᆫ엿도다 아로나는 본리 셰듸로 농업에 의탁ᄒᆞᆫ 사람이라 이날에 그 부쳔이 아로나로더브러 뎐원에나아가 소를 잇끌며 호미를 두루고 부즈ㅣ 힘을ᄒᆞᆫ가지ᄒᆞ여 일ᄒᆞᆯ졋에 그 부쳔이 비록 긔운이잇스나 나히칠십이라 졍신이 ᄌᆞ연감ᄒᆞ려던 하물며 ᄯᅢ가 반일을당ᄒᆞ매 비가긔이고 폭양이ᄧᅩ이고 더운긔운이 사람을 핍박ᄒᆞ니 드듸여 수림을향ᄒᆞ여 잠간쉬일식 인ᄒᆞ여 서로 셰샹일을 담론ᄒᆞ다가 고국의 망홈을 탄식ᄒᆞ더니 홀연 들니는 소리 물쓸듯ᄒᆞ거ᄂᆞᆯ 즈셰히 보니 아로피의 간신 예스록의 군ᄉᆞ라 그 흉악ᄒᆞᆫ놈의 하인인고로 ᄯᅩᄒᆞᆫ 잔인포학ᄒᆞ여 지물노략ᄒᆞ기와 부녀겁탈ᄒᆞ기로 일삼더니 이ᄯᅢ에 슈풀ᄉᆞ이에 소가 잇눈거슬보고 셜어가거ᄂᆞᆯ 아로나의 부쳔이 압ᄒᆞ로 나아가 됴흔말노 무러왈 쥬인잇눈물건을 무단이취홈은 엇지ᄒᆞᆫ연고뇨 여러놈이 실졔히듸답ᄒᆞ되 저소가 살지고 유턱ᄒᆞ여 심히 우리관원식셩에 합당ᄒᆞ니 우리관원에게 공궤홈이 맛당ᄒᆞ니라 로인의마음은 ᄒᆞᆼ샹 됴심만코 ᄯᅩᄒᆞᆫ 그 군ᄉᆞ의 강포횡ᄒᆡᆼ홈을 념려ᄒᆞ여 더욱 공슌ᄒᆞᆫ말노 두셰번간쳥ᄒᆞ되 죵시듯지안는지라

유림쳐로ㅣ 또흔 되답ᄒ되 우리가 국가의 신민된 직분을 심각ᄒ면 맛당히 힘

을 다ᄒ려니와 다만 두려워ᄒ눈바는 경솔이 움작이눈 것이 양의ᄄᆡ로 범의

입을 향ᄒ면 필연 대환을 무릅쓰고 후셰에 우음을 면치못 홀것이나 십분셩

각ᄒ여 만젼지계를 엇지못ᄒᆞ면 결단코 셩소치 못ᄒ리라 오작한ᄒ눈 ᄯᅳᆺ

굿흔사람이 얼마나 ᄒᆞ뇨 오합지즁은 져의련습흔 군소를 당치못홀것이오 일

이 혼번 와해ᄒᆞ면 혼갓죽을 ᄲᅮᆫ이라 무엇이 유익ᄒᆞ리오 몬져 영웅을 엇어

ᄣᆡ를 기다린연후에 가회 셩공ᄒᆞ리로다 이로나ㅣ 급히되답ᄒ되 그놈의 악ᄒᆞᆫ

졍스가 극진지두에 니른지라 우리빅셩이 사람마다 졀치부심 홀뿐더러 ᄯᅩ흔

내가 평일에 허다흔 ᄯᅳᆺ잇눈 션빈를 련결ᄒᆞ엿스니 만일 격셔를 젼ᄒ여 혼번

부르면 셩만지즁을 잠시에 모흘것이니 그ᄯᆡ에 형으로 대원슈들 삼고 하ᄂᆞ

님의 도음을 엇어 의병이 니르는 곳마다 사람의 깃분마음이 대한의 감우와

굿ᄒ리니 ᄲᅡᆯ니 영웅의 도략을 ᄲᅥᆯ치고 너러날지어다 서로 슈작홀시 동방이

붉눈줄을 ᄭᆡ닷지 못ᄒ더라 부득이 서로손을 논와 작별ᄒᆞ며 뎡녕이 부탁ᄒᆞ

고 각각도라 오니라

셔ᄉ건국지

각셜 아로나ㅣ 도라온후로 여러친구에게 비밀이 통긔ᄒᆞ여 각각 무리를 모아

구

이요 명은 아로나이니 긔골이 웅장ᄒ고 의ᄉ가 쾌활ᄒ여 ᄯᅩ흔 일국의 영웅

이라 서로례를 필ᄒ고 녯졍을 셜화ᄒ다가 유림쳑로ᅵ 물어 ᄀᆞᆯᄋᆞ되 아지못

ᄒ라 이ᄉᆡ이 무슴소문이 잇ᄂᆞ뇨

아로나ᅵ 길이 탄식ᄒ고 분연히 ᄀᆞᆯᄋᆞ되 일이만ᄒ이 우리의 토디와 지물을 앗고

우리동포를 죵으로 부리며 학딕가 날노 더옥심ᄒ도다 일젼에 우리동포 혼

사람이 로샹에서 일이만 사람을 맛나셔 경례를 좀더되 혼다고 잡아내여 무

수히 란장ᄒ고 ᄯᅩ 쑤짓기를 너는 우리죵이라 죵놈이 샹젼에게 불공ᄒ면 그

죄는 죽여야 합당ᄒ다ᄒ고 인ᄒ여 쳐참ᄒ엿스니 가련ᄒ다 우리젼국 빅셩이

이디경에 니르엇스니 쇠털굿흔 날에 그 위염과 학경을 엇지견댄고 원통ᄒ

고 참혹혼 긔운이 공즁에 가득ᄒ여 하늘에 일월이 업ᄂᆞᆫ듯 우리가

이ᄯᆡ를 당ᄒ여 거ᄉᆞ쳐안코 다시무엇을 ᄇᆞ라리오 셜파에 두눈을 부릅ᄯᅳ고

노긔가 발발혼지라 유림쳑로가 문득이르되 형이 이러듯 ᄒᆞᆷ은 과연 날노ᄒ

여곰 곳 거ᄉᆞ코져 ᄒᆞᆷ인가 아로나ᅵ 빌덕녀러나 가슴을치며 닐ᄋᆞ되 텬셔가 당

ᄒ엿스니 긔회를 일쳐 못ᄒᆞᆯ지라 우리의 날노ᄇᆞ라기는 형이 흔번ᄉᆞᆯ쳐고 너

러나면 밍셰코 셩ᄉᆞ를 혼가지 ᄒᆞ여 도젹을 물니치고 국가를 회복ᄒ리로다

16

라 녯나라를 회복코즈ᄒᆞ면 져도 ᄯᅩ혼 일분을 참여ᄒᆞᆯ것이오 ᄯᅩ 부모씌셔 셔
로 디ᄒᆞ야 우름을 자으시니 이는 진실노 쓸ᄃᆡ업ᄂᆞᆫ지라 뭇잡나니 우름과 근
심으로 엇지 뎍국을 쫏치릿가 어셔 속히 일을 들어 우리원슈를 잡고 우리슈
치를 씻는것만 곳지못ᄒᆞ오니 비록 불초ᄒᆞ나 밍셰코 국가를 위ᄒᆞ여 힘을 다
ᄒᆞ고 셩슈를 도라보지 안ᄒᆞ리니 복원 부쳔은 급히 격셔를 젼ᄒᆞ여 군소를 일
으키면 져눈 결단코 챵을 잡아 좌우에 모실것이니 공을 일루면 젼국이 그 복
을 밧고 만일 불ᄒᆡᆼᄒᆞᆯ지라도 우리부즈의 일홈이 만고에 유젼ᄒᆞ리니 부쳔의
쥬의ᄂᆞᆫ 엇디타 ᄒᆞᄂᆞ닛가 유림쳑로가 그 쳐즈의 동심일국ᄒᆞᆷ을 보고 슯흠을
도리혀 깃붐을 셔듯지못ᄒᆞ여 하ᄂᆞᆫ님쎄 비러 굴ᄋᆞᄃᆡ 황텬황텬이여 우리의
지셩을 슬피샤 우리로 ᄒᆞ여곰 죽고자 아니ᄒᆞ여서거든 원컨ᄃᆡ 도으샤 대소를
일우게 ᄒᆞ쇼셔 ᄒᆞ며 셰사람이 졍뎡 담론ᄒᆞᆯ서 홀연들으니 개 짓ᄂᆞᆫ소ᄅᆡ 나며
사람의 자최가 들리거늘 유림쳑로ᄂᆞᆫ 본디 조심ᄒᆞᄂᆞᆫ 사람이라 이 깁흔밤에
국소를 의론ᄒᆞᆯ이 오쟉 비밀ᄒᆞ거놀 엇지ᄒᆞ여 외인의 자최소ᄅᆡ가 잇ᄂᆞᆫ고 인
ᄒᆞ여 그 아들을 드리고 문을열고 삷혀보니 과연일셩의 졀쳔흔 쳔구라 셔로
손을 잡고 들어가 피ᄎᆞ셔로 깃거ᄒᆞᆷ이 측량처 못ᄒᆞ니 이사람의 셩은 능득묵

15

코ᄌ흠이라 그럼으로 내 마음이 둘티업더니 그티가 이 연고를 알앗스니 아

마도 나를 위ᄒ야 불평ᄒ리로다 부인이 문득티 답ᄒ되 쳡이 들으니 아로피

가 젼혀 그 간신 예ᄉ룩의 흉게를써 우리 강산을 짓밥고 우리동포를 살해ᄒ

너이는 귀신과 사람이흔가지 미워ᄒ고 텬디가용납지아니ᄒ리니 졔 비록아직

부강ᄒ나 명명지즁에 엇지하나님이 ᄉᆞᆲ히 지뭇ᄒᄅᆞ리오 과회를 기다려 우리빅

셩들이 의기를 흔번들면 반드시 하ᄂᆞ님의 도으심이 계실것이니 그때에 우

리나라를 회복ᄒ고 우리원슈를 갑고 우리인군의 권리를 펼것이오 그 도져

을 버혀죽일것이니 아 안니 쾌ᄒᆞ릿가 쳥컨디 마음을 편니ᄒᆞ샤 근심을 말으

소셔ᄒᆞ며 부용웃ᄉ혼 ᄲᆞᆷ에 두줄눈물을 금쳐못ᄒᄂᆞ니 뭇노라 셰상의 허다흔 남

조들아 이 녀인과ᄀᆞᆺ처 웅쟝흔소견과 츙렬흔 마음이 뉘 능히 그 만분지 일

을 밋치리오

이때에 그 아들 화룩타가 겻헤안져 부모의 슈쟉을 웃다가 그 슬혀흠을 보

고 분격이 되발ᄒ여 창ᄌᆞ에 더온피가솔는지라 곳 압흐로 나와 말ᄉᆞᆷᄒᆞ되 부

쳔믹셔 나라를 근심ᄒᆞ는뜻이 말ᄉᆞᆷ에 나탄ᄒᆞ니 졔가 비록어리셕고 불초ᄒᆞ나

ᄉᆡᆼ각건디 국가의 흥망은 사람마다 쳑임이잇스니 이졔 나도 망국흔 빅셩이

14

말슴ᄒᆞ되 군ᄌᆞ씨옵셔 큰 뜻을 품으ᄉ 심샹ᄒ희로를 낫탄ᄒ지안코 셰샹의

허다ᄒᆫ 일이 죡히 마음을 움ᄌᆨ이지못ᄒᆞ더니 이졔 이굿쳐 심려ᄒᆞᆷ은 아지못ᄒᆞ게

라 무슴일이닛가 의심컨딕 사람에 룡욕을 당ᄒᆞ엿는지 나라일에 긔회가 합

당처못ᄒᆞᆷ이닛가 그러나 극진ᄒᆞᆫ 셩각은 리치를 해득ᄒᆞ고 ᄌᆞ셰ᄒᆫ 언론은 의

ᄉ를 밝힌다 ᄒᆞᆼ거늘 엇지이대지 근심ᄒᆞ여 스소로 번뢰ᄒᆞ리요

모신후 셰월이 여류ᄒᆞ여 이믜 슈십년을 지닛스되 일쯕불쾌ᄒᆫ 빗을 보지못

ᄒᆞ여더니 이졔 이굿쳐 ᄒᆞᆷ은 실로 무슴일이온지 그 ᄌᆞ셰ᄒᆞᆷ을 듯고ᄌᆞ하노니

쳡이 비록 무식ᄒᆞ나 그 말슴을 인ᄒᆞᆫ야 일반분의 ᄉ를 도으라ᄒ느이다 유림

쳑로ㅣ 이윽히 듯다가 탄식ᄒᆞ되 내 심ᄉ는 부인이 아는 베어니와 이졔 근심

ᄒᆞᆷ을 잠간 말슴ᄒᆞ리라 앗가 맛츰 쳔구로더부러 나라 회복ᄒᆞᆯ일을 의론ᄒᆞ더니

여러 사람의 마음이 불ᄌᆞᆾ치 셩ᄒᆞ여 속히 이러나 고ᄌᆞ하는고로 나의 심회가

더욱 착급ᄒᆞ여 거스코ᄌᆞ하나 량식과 긔계도 업고 ᄯᅩᄒᆫ ᄯᆺᄒᆫ 사람이업눈

지라 ᄉ방을 도라보아도 아득ᄒᆞ고 막막ᄒᆞ여 붓칠곳을 아지못ᄒᆞᆯ뿐더러 쌰

오날 신문에 말ᄒᆞᆼ엿스되 일이만이 우리나라 아라타 디방에 셩을셰우고 무

슈훈 군ᄉ로 짓컨다ᄒᆞ니 그 음특ᄒᆫ 셰를 혜아리건디 우리셩명을 다 업시ᄒᆞ

13

죄칙이라 원컨디 때를ᄯ라 움ᄎ이면 우리도 힘을 다ᄒ여 슈화를 피치안코 죽

기를 밍셰ᄒ노라 유림쳑로기 여러사람의 동심ᄒᆞᆷ과 분격ᄒᆞᆷ을 보고 깃붐을 측

량치못ᄒ나 일변은 싱각ᄒ되 내이 마음이 간졀ᄒ나 다만 셰력이 부죡ᄒᆞᆷ이 혈

이로다 반드시 ᄯᅳᆺ이 갓고 지혜엇는 사람을 런합ᄒ여야 가히 큰일을 셩공ᄒ지

라ᄒᆞ고 이에도혼 말노셔로위로ᄒ고 문득 니당으로도라가 묘칙을 싱각ᄒ서

창자에 가득ᄒ울회를 의긔지못ᄒ여 가슴을 어루만지며 탄식ᄒ더니 그부인

과 아들이 나와문안ᄒ되 어릴듯시 안져디답이 업더라

그부인이 비록ᄂᆞᆷ가에 셩창ᄒ엿스나 능히학문을 통ᄒ며대의가 분명ᄒ여 범

샹혼 남ᄌ보담 쵸등혼지라 미양 그 쟝부로더부력 텬하일을 담론ᄒᆞᆷ이 고금

득실을 낫낫이 베푸니 유림쳑로ᅳ ᄯᅩ혼 마음에 공경ᄒ고 아들의일홈은 죄록

타라 겨우 셜여셰에 심지락락ᄒ며 동쟉이 표표ᄒ여 평일에 부모의 언론을

익히 듯고 이국심이 풀녀지아니ᄒ여 국가회복ᄒᆞᆷ을 ᄌᆞ긔직분으로도 알고 ᄯᅩ

혼 가뎡지훈을 졍셩으로 직히니 사람들이 층찬안니리업더라 이쎄 부인이

그 쟝부의 동쟝을 삷히니 두눈셥에 근심이 가득ᄒ여 평일에 깃분얼골과 옷

는모양이 업고 다만 어린듯 취혼듯 혼지라 이에 화슌혼 얼골로 압헤나가

며 닷는 즘성도 산양ᄒ며 혹 빅를모라 바다에 ᄯᅥ서 바람을듯고 물결을 서
쳐니 이런고로 물 셩품을 익히알고 활쏘ᄂᆫ법이 ᄲᅱ여나니 죡히 유궁후의 활
쏘ᄂᆫ지죠를 압두ᄒ고 예의 ᄲᅮ부리ᄂᆫ 힘을 업수이 녁이더라 ᄯᅩᄒᆫ 셩품이 강
긔ᄒ여 쳔쳑과 붕우의 빈궁ᄒᆫ쟈를보면 극진이 구졔ᄒ며 혹 긋괴집으로 쳥
ᄒ여 옷도 버셔주며 밥도 덜어먹이되 조곰도 인ᄉᆞᆨᄒᆞᆷ이업고 ᄯᅩ 큰 ᄯᅳᆺ을 품
은고로 군ᄉ의 지휘와 진법의 응용을 익히알며 여러가지 병슐을 무불통지
라 날로 그쳔구를 모와 담화ᄒᆯ졔 셔ᄉ국 디도를 펴여놋코 아모곳은 ᄊᆞ음을ᄒᆯ
만ᄒ고 아모곳은 직험이 맛당ᄒ다ᄒ며 시졔를 조셰히 셜명ᄒ니 이런고로
마음을 허락ᄒ여 좃ᄂᆫ쟈ㅣ 만티라 일일은 여러사람을 향ᄒ여 탄식ᄒ되 우리
나라 됴흔 강산이 맛춤내 타인슈즁에 잡혀잇고 동포형뎨가 이믜 타인의 우
마가 되엿스니 어느ᄯᅢ에 능히 고국을 회복ᄒ여 나라를 뎡돈ᄒ고 부강ᄒ나
라 평안ᄒᆫ 빅셩이되여 볼고 아지못게라 여러동포눈 과연 이성각이 잇눈가
ᄒ니 그강기ᄒᆫ 언론이 죡하 사람으로 ᄒ여곰 일단츙심을 격동ᄒ눈지라 모다
피가 ᄭᅳᆯ코 가슴이 답답ᄒ여 일졔히 이러나 ᄃᆡ답ᄒ되 나라라ᄒᆞᆷ은 빅셩을위
ᄒ여 일홈은비어ᄂᆞᆯ 이졔 나라이 이디경에 이른것은 ᄯᅩᄒᆫ 우리의 어리셕음을

삼

11

이

도호며 빅셩을 학딕호니 슯흐다 셔스국 빅셩들이여 이믜 나라이 파호고 집

이 망호엿스나 누룰향호여 호소호리오 그 싸다로온 졍스와 악혼법률에 우

마와 노복굿치 머리를 숙이고 눈물을 쑤리니 다만 마음만 샹홀쑨이요 감히

더브러 항거처 못호니 셰샹 사람들은 이일을 볼지어다 망국된 인죵의 압제

밧음이 이굿처 참혹호고 밍렬혼가 가히 슯흐도다 극진지두에 일으면 반듯

셔 회복호다호니 과연호다 이말이여 셔스국 빅셩의 마음이 다죽지 안코 분

기가 울걸호고로 하눌이 영웅 대호걸을 내이샤 그도탄에 든빅셩을 구호엿

도다

지셜 셔스국 노스니호 쌍은 산쳔이 슈려호고 풍경이 졀승홈으로 사람마다

닐크르니 더굿처 됴흔쌍에 엇지 영웅이 나지아니호리요 진소위 인걸은 디

령이라 이곳애 혼사람이 잇스니 셩명은 유림쳑로라 그 모양을 의론컨딕 등

은 둣텁고 가슴은 둥글며 두눈은 번긔굿고 몸이웅장호고 거픔이 뛰여날쑨

아니라 쏘회포가 활발호며 일을 당호매 구차홈이 업고 거를울싸라 별동을

응호고 권도잇고 긔광이 만흐니 보눈이마다 비샹혼 사람이라 일컬으며 큰

스업을 셩공호리로다 미양 한거훈때를 당호면 산으로올나 나눈새도 소

10

셔수건국지

화셜 텬디벽호후로 셰계샹에 허다훈 나라의 흥망셩쇠는 낫낫치 기록호

기 어려우나 요작 흥망의 관계는 견혀 그 나라 인민에게 잇스니 인민이 어

리셕으면 그 나라이 망호고 인민이 지혜롭고 인국셥이 군졀호면 그 나라이

흥훌뿐아니라 왕왕이 허다훈 영웅이 그 소이에 나셔 위틱호다가 다시 평안호

고 망호다가 다시 보존홈을 일우느니 어는 다 영웅호걸의 본석이며 쏘훈 국

가의 힘복이라 이런고로 고금의 경턴동디호는 영웅을 의론컨되 각기 출쳐

와 긔회가 달으며 용심과 힝스가 쏘훈 굿지아니호니 엇지 일톄로 의론호

리오

차셜 셔력 일쳔이빅년간에 구라파 즁앙디방에 훈쇼국이 잇스되 명은 셔스

라 갈호나라 일이만의 침노홈빅 되엿스니 일이만왕의 일홈은 라덕복이

라 이믜 셔스를 엇은후에 태즈 아로피를 보내여셔 스국디방을 다스리니

아로피의 무도잔포홈은 가히 말홀지 못홀뿐더러 쏘훈 간신이 잇스되 셩

은 히로만이오 명은 예스록이라 아쳠호고 음특호여 악훈일로 아로피를 인

일

잡힘 이되여 그 나라를 회복지 못ᄒᆞ엿는고 고스사고는 지셩이나 폴난도의

사람들은 지셩이 부죡ᄒᆞ여 일심합력지 못ᄒᆞᆫ고로 그허홈이니 이 말숨을 의

심케든 이태리의 가보어를 볼지어다 사듸니아의 젹은 나라로 오디리의

강병을 빅쳑ᄒᆞ고 능히 그 일통ᄒᆞᄂᆞᆫ 공을 세운 쟈는 충신 의소의 지셩이 금

셔곳치 일치ᄒᆞᆼ여 뎍국을 져당ᄒᆞᆫ 연고라 그러ᄒᆞᆫ고로 아모리 지셩이 잇다ᄒᆞ

여도 독력으로ᄂᆞᆫ 엇지ᄒᆞᆼ지 못ᄒᆞᄂᆞ니 이는 유림쳑노의 더욱 어진 증거로다

셰샹 사람들아 나라가 젹다 말며 사람이 업다 말고 셔스를 보며 유림쳑노

를 보아 한 사람의 춍셩이나 의긔를 밋지 말고 쳔만인의 동심합력ᄒᆞᄂᆞᆫ 지

셩을 기드려셔 국권의 회복을 도모ᄒᆞ고 망령된 싱각으로 나라 그릇트리는

일을 힝치 말지어다

8

긔이ᄒᆞ여 안으로 어진 안ᄒᆡ의 도음과 아래로 착ᄒᆞᆫ 아ᄃᆞᆯ의 밧듬이 잇슬ᄲᅮᆫ더

러 ᄉ방의 유지ᄒᆞᆫ 션ᄇᆡ가 구름ᄀᆞᆺ치 좃ᄎᆞ며 바람ᄀᆞᆺ치 응ᄒᆞ여 기동 아래 욕

이 잠시의 회를 당ᄒᆞ엿ᄉᆞ나 실과 쏘ᄂᆞᆫ 슈단으로 부쟈의 목심을 서로 구원ᄒᆞ며

사아ᄯᅢ졋ᄂᆞᆫ 요힝으로 탁신ᄒᆞᄂᆞᆫ 긔회를 엇어 한갈ᄀᆞ치 대덕의 쟝슈를 버히고

한 북에 고국의 산쳔을 복ᄀᆞᆼᄂᆞ 쟝ᄒᆞ도다 유림ᄎᆡᆨ노여 그 처음으로 일어나ᄂᆞᆫ

ᄯᅢ에 구구슈쳔에 차지 못ᄒᆞᄂᆞᆫ 무리가 괴계의 미비ᄒᆞᆯ과 형셰의 단약ᄒᆞᆷ으로

심히 위퇴ᄒᆞ거ᄂᆞᆯ 동밍회복가 일셩이 쳥텬에 벽력ᄀᆞᆺ치 국민의 긔운을 분발ᄒᆞ

여 맛ᄎᆞᆷ내 대공의 셩취가 손 바닥을 뒤집듯시 쉬엿도다 그러ᄒᆞ나 이ᄂᆞᆫ

유림ᄎᆡᆨ로의 용밍으로 능히ᄒᆞᆫ바도 아니오 ᄯᅩ 유림ᄎᆡᆨ노의 지조로 능히ᄒᆞᆫ 바

도 아니라 유림ᄎᆡᆨ노의 ᄃᆡ셩이 능히하ᄂᆞᆯ에 사못쳐셔 하ᄂᆞᆯ이 그 지셩을 감동

도으시며 그 큰 섭을 일우게ᄒᆞ심이며 그 큰 공덕을 을

힝케ᄒᆞ심이니 지셩이 엽슬진ᄃᆡ 알라산더ᄀᆞᆺᄒᆞᆫ 영웅이며 나팔니옹ᄀᆞᆺᄒᆞᆫ 호걸

이라도 남의 토디를 노략ᄒᆞ며 남의 인민을 능욕ᄒᆞᄂᆞᆫ 거시ᄋᆞᆯ시의 셩공이오

바람압헤 등불이오 물 우혜 말음이라 엇지 쟝구ᄒᆞᆷ을 엇으리오 뭇노라 유림

ᄎᆡᆨ노야 폴난도와 고ᄉ사고는 엇지ᄒᆞ야 져ᄀᆞᆺᄒᆞᆫ ᄎᆞᆼ의 지셩으로 아라사의 사로

셔ᄉᆞ건국지

셔문

삼

당흥여 포악무도흔 덕국을 구츅흥고 만억년 무강흥티 업을세윗스니 공덕이

텬디굿치 광대흥고 심스가 일월굿치 광명흥여 텬하만세에 그짝을 구흘지면

셔스의 유림쳑로 아니고는 다시 업슬지로다 일이만국이 그부강흔 형세를

밋고 셔스국의 빈약흠을 속이여셔 일홈업는 군스로 남의 나라를 탈취흥여

사나온 정스와 낙다라온 법령으로 셔스의 사람을 사람굿치 보지아니흥고

개나 도야지처럼 되졉흥야 살니고 죽이기와 주고 쌔앗기를 임의로흔즉 무

고흔 챵싱의 원통흔 기운이 텬디에 충만흥고 원망흥는 소래가 산쳔을 진동

흥거늘 일이만의 관원들은 양양득의흥는 말이 셔스의 사람은 괴로으나 일

이만의 사람은 질거오며 셔스의 사람은 우나 일이만의 사람은 웃는다흥여

잔포악독흔 일이 갈스록 우심흥니 하날이 엇지 무심흥시리오 셔스국민을

구졔흥고 셔스국권을 회복흥여 셔스국을 즁흥흥랴고 산은 놉고 물은 고흔

오려싸에 일위영웅이 싱겻스니 괴골이 쟝대흥고 형상도 긔걸흥거니와 츙심

으로 쎠를삼고 의긔로 살을삼아 지셩으로 인국흥는 유림쳑로 그사람이라

활발흔 긔샹과 강개흔 심졍이 사람에 쒸여 낭즁에 무예가 슉달흥고 모략이

셔문

◎셰샹 사람들아 나라가 젹다 말고 셔ᄉᆞ를 볼지어다 유림쳐로 굿흔 사람만

잇스면 회복ᄒᆞᄂᆞᆫ 큰 일이 되ᄂᆞ냐라 뭇노니 유림쳐로ᄂᆞᆫ 엇더ᄒᆞᆫ 사람인고 글

으딕 용밍 잇ᄂᆞᆫ 영웅이라ᄒᆞᆯ가 아니라 그ᄲᅮᆫ 아니오 지극혼 졍셩이 하ᄂᆞᆯ에 사모치ᄂᆞᆫ ᄒᆞ

이라 ᄒᆞᆯ가 아니라 그ᄲᅮᆫ 아니오 지극혼 졍셩이 하ᄂᆞᆯ에 사모치ᄂᆞᆫ 사름이니

녜로브터 이제에 통ᄒᆞ여 텬하를 뒤집던 영웅도 만하엿고 셰샹을 휘덥던 호

걸도 아니 엇지만 지셩 아니고 큰 일에 셩공혼 쟈 어딕 잇소 들엇ᄂᆞᆫ가

쓰리스의 알락산더 보앗ᄂᆞᆫ가 부란스의 나팔니옹 십년 공부 나무아미타불

내군수가 굿셰다고 약호 쟈를 압졔ᄒᆞ며 내 지물이 만타고 빈훈이를 능모

ᄒᆞ야 남의 쌍을 내것굿치 남의 사람을 내죵굿치 알려면 안어지고 죽이려

면 죽이ᄂᆞᆫ이매 위엄도 한량업고 긔셰도 거룩터니 호랑굿치 도져굿흔

힘실은 하ᄂᆞ님의 허락지 안ᄂᆞᆫ비라 아귀굿치 경영ᄒᆞ여 쳔만셰를 누리쟈던

부귀공명 ᄭᅮᆷ결굿치 지나가고 거품굿치 슬허졋다 어질고 녀 함ᄒᆞᆼ국의 외싱

돈은 여돏히의 독립젼에 뷘손으로 붓들어셔 ᄉᆞ싱을 불ᄒᆞᆼ고 지셩으로 담

딕뎌 쇼셜이라 ᄒᆞᄂᆞᆫ것은 사람의 마음을 감동ᄒᆞ며 사람의 졍신을 활동케

ᄒᆞᄂᆞᆫ 혼 긔관이니 그럼으로 딕뎌 학ᄉᆞ들이 말ᄒᆞ기를 엇더ᄒᆞᆫ 나라던지

그 나라에 무슴 쇼셜이 셩ᄒᆡᆼᄒᆞᄂᆞᆫ것을 보와 인심과 풍쇽과 졍치와 사샹을

가히 알이라 ᄒᆞ니 춤 격언이로다 구미문명ᄒᆞᆫ 나라마다 쇼셜의 션본을 발

ᄒᆡᆼᄒᆞ야 녀항간 우부우부라도 엇더ᄒᆞᆫ 나라는 인심풍쇽이 엇더ᄒᆞ고 엇더ᄒᆞᆫ

나라는 졍치사샹이 엇더ᄒᆞᆫ지 다 능히 아ᄂᆞᆫ고로 사람의 셩품을 빈양ᄒᆞ며 빅

셩의 지혜를 기도ᄒᆞᆯ거날 우리나라는 여간 국문쇼셜이 잇다ᄒᆞ나 허탄무거ᄒᆞ

거나 음담 픽셜이오 한문 쇼셜이 잇스나 ᄯᅩᄒᆞᆫ 허무ᄒᆞ야 실샹이 죽어서셔

족히 후셰에 감계와 모범이 되지못ᄒᆞᆯ지라 오직이 셔스건국지라 ᄒᆞᄂᆞᆫ 칙

은 셔스국 ᄉᆞ긔니 구라파 즁흔 져은 나라인딕 인방의 병탄ᄒᆞᆫ바ㅣ 되여 자

유 활동치못ᄒᆞ고 무한ᄒᆞᆫ 학틱와 간고ᄒᆞᆫ 긔반을 밧다가 기국즁에셔 영웅이

창긔ᄒᆞ며 의ᄉᆞ를 규합ᄒᆞ여 강닌의 독쇼를 버셔나고 열방의 슈치를 면ᄒᆞ며

독립긔를 놉히셰운 호쾌ᄒᆞᆫ ᄉᆞ긔은 티부인과 학식부족ᄒᆞ신이라도 보기 편

리ᄒᆞ게 국문으로 번역ᄒᆞ엿스오니 쳠군ᄌᆞᄂᆞᆫ 구람ᄒᆞ시기를 바라나이다

박문셔관 로익형 자셔

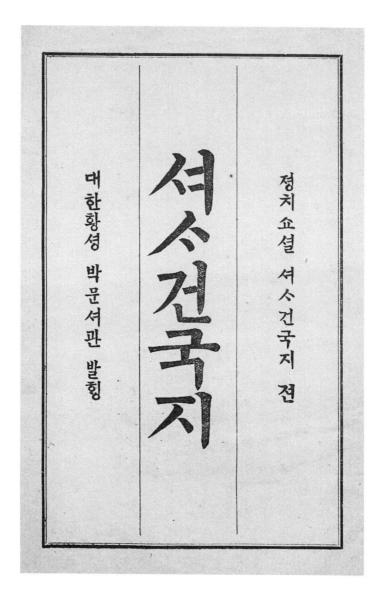

정치 쇼셜 셔스건국지 젼

셔스건국지

대한황셩 박문셔관 발힝

3

2

대한 황성 박문서관 발행 『서사건국지』

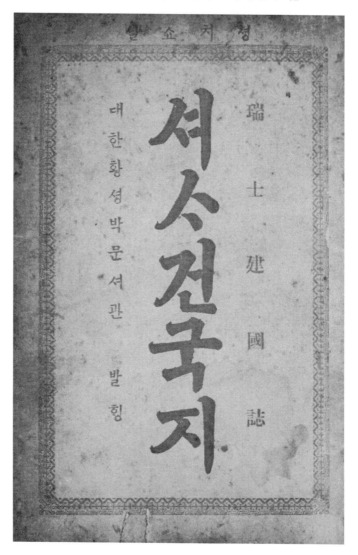

1

영인자료

셔스젼국지

- 『셔스건국지』
  김병현 역, 박문서관 발행, 1907

- 『瑞士建國誌』
  鄭哲 저, 中國華洋書局 발행, 1902

여기서부터 영인본을 인쇄한 부분입니다. 이 부분부터 보시기 바랍니다.

윤영실

연세대학교 영문과와 서울대학교 국문과 대학원을 졸업하였고 현재 숭실대학교 한국기독교문화연구원 HK+교수로 재직하고 있다. 주요 논저로『육당 최남선과 식민지의 민족사상』,「해적, 제국, 망명: 20세기 초 일본과 한국에 번역된 바이런의『해적』(The Corsair)」,「노예와 정(情) - 이광수의『검둥의 설움』번역과 인종/식민주의적 감성론 너머」,「세계문학, 한국문학, '정치소설'의 번역(불)가능성 - 임화의『개설신문학사』를 중심으로」,「동아시아 정치소설의 한 양상 -『서사건국지』번역을 중심으로」등이 있다.

근대계몽기 서양영웅전기 번역총서 06

정치소설 서사건국지
: 빌헬름 텔의 스위스 건국 이야기 국문

2025년 4월 25일 초판 1쇄 펴냄

옮긴이 윤영실
발행인 김흥국
발행처 보고사

책임편집 이경민
표지디자인 김규범

등록 1990년 12월 13일 제6-0429호
주소 경기도 파주시 회동길 337-15 보고사
전화 031-955-9797
팩스 02-922-6990
메일 bogosabooks@naver.com
http://www.bogosabooks.co.kr

ISBN 979-11-6587-839-9 94810
      979-11-6587-833-7 (세트)
ⓒ 윤영실, 2025

정가 16,000원

이 책은 2018년 대한민국 교육부와 한국연구재단의 지원을 받아 수행된 연구임
(NRF-2018S1A6A3A01042723)